EL LUTO HUMANO

JOSÉ REVUELTAS

El Luto Humano

Primer lugar en la selección de
novelas mexicanas, para el concurso
convocado por la Unión
Panamericana de Washington

ORGANIZACION EDITORIAL NOVARO, S. A.

MÉXICO, D.F. (México)

BARCELONA (España)   BOGOTÁ (Colombia)

LIMA (Perú)   SANTIAGO (Chile)

D.R. © Julio de 1967, Organización
Editorial Novaro, S. A.
Calle 5, Nº 12, Naucalpan de Juárez,
Estado de México
Sexta Edición, Octubre de 1976.

El emblema ▣ es marca registrada de Organización Editorial Novaro, S.A.

Impreso y hecho en México
Printed and made in Mexico

"Porque la muerte es infinitamente un acto amoroso."

ALBERTO QUINTERO ÁLVAREZ

*Para un amigo entrañable,
que está a mi lado.*

J. R.

I.

LA muerte estaba ahí, blanca, en la silla, con su rostro. El aire de campanas con fiebre, de penetrantes inyecciones, del alcohol quemado y arsénico, movíase como la llama de una vela con los golpes de aquella respiración última —y tan tierna, tan querida— que se oía. Que se oía: de un lado para otro, de uno a otro rincón, del mosquitero a las sábanas, del quinqué opaco a la vidriera gris, como un péndulo. La muerte estaba ahí en la silla.

—¡Dios mío, y sí! ¡Va a morir!

Dentro de algunos minutos abandonaría la silla para entrar bajo el mosquitero y confundirse con aquel pequeño cuerpo, entre las sábanas. Si no por qué la respiración, si no por qué los golpes. Y la llama: el aire como llama, lenta, lenta, de un lado a otro, del quinqué a la ventana, del rincón a la pared, balanceando su masa atroz, precursora. Un cuerpo tan pequeño con una respiración tan grande para que la muerte entrara.

Su mujer, junto a la camita, volvió el rostro hacia él con una expresión aguda, inteligente de pesar.

La escena se hizo insoportable y él esperaba ya el estupor que todo aquello le causaría, la tontera terrible que se iba a meter dentro de su cerebro después. Entonces no pudo reprimir una mirada para ver si aún estaba ahí, en la silla, pero había desaparecido. Quizá nunca estuvo sentada, con su rostro blanco, y todo fué una visión; pero lo cierto que, visión u otra cosa, había desaparecido.

Su mujer dijo algo como un ruido. Algo que no debía explicarse con la voz (debió haber dicho: "ha muerto"), y entonces él se pudo atrever ya a moverse de su sitio, y, también junto a la cama, ahora, con sus propios dedos, intentó cerrarle los ojitos duros, de resorte. "Como los de una muñeca —se dijo—, sólo que más extraños."

Comenzaba a sentirse tonto, tal como pensó en un principio que iba a estar, y sólo la conciencia de la estupidez era lo único inteligente que se movía aún en su cerebro opaco y sordo.

Siniestramente activa, su mujer amortajaba el cuerpecito muerto, llena de cariño, pero con una especie de trágica osadía, como si no tuviera el comedimiento necesario frente a un cadáver. Se volvió para mirar a su marido con ojos resueltos y bárbaros:

—¡No podrás negarte ahora!

El no podía negarse ya, en efecto. Ni siquiera movió la cabeza como antes, terca y dubitativamente; se sentía tonto de tan triste. La muerte ya no estaba en la silla, pero tampoco, oh Dios, en aquel cuerpo fallecido. Porque la muerte no es morir, sino lo anterior al morir, lo inmediatamente anterior, cuando aún no entra al cuerpo y está, inmóvil y blanca, negra, violeta, cárdena, sentada en la más próxima silla.

—Sí—dijo, pues ahora ya no le importaba ir por el cura—, iré a llamarlo...

Siempre un cura a la hora de la muerte. Un cura que extrae el corazón del pecho con ese puñal de piedra de la penitencia, para ofrecerlo, como antes los viejos sacerdotes en la piedra de los sacrificios, a Dios, a Dios en cuyo seno se pulverizaron los ídolos esparciendo su tierra, impalpable ahora en el cuerpo blanco de la divinidad.

—Iré —insistió—, cómo no voy a ir...

Aunque sus palabras tenían un hondo rencor que él advertía más allá de todo.

Quiso tomar su jorongo, porque afuera había Norte y tempestad, y se dirigió a la alcayata que servía de percha.

Pensó entonces cómo habían luchado ella y él, rabiosamente, mientras agonizaba la niña.

El no había querido ir por el cura. Y no quiso a pesar de que aquello podría significar algo terrible y grande, vacío y sin esperanzas. Pues quizá no hubiese mentira. O de otra manera, quizá fuera verdad, y verdad palpitante e infinita, aquella de los ojos bárbaros de su mujer exigiéndole que partiera en busca del sacerdote. Exigía con tal pavor furioso y terco, con un aire tal de condena en la mirada, que el rito, o mejor, el **sacramento** de la confesión dejaba de ser falso, volvíase misterio y verdad: devolver el alma a través de un hombre vivo y terrestre como un sacerdote, que no hace otra cosa que recibir en sus oídos humanos la narración definitiva, descomunal de los pecados. "Bien —logró pensar—, ¿y ella? ¿Por qué no fué ella misma?" Pero en seguida también alcanzó a comprender que ella estaba impedida; que ella no podía moverse cuando la muerte se hallaba tan cerca de la pequeña cama, ahí, en la silla. Porque entonces todo hubiese sobrevenido antes, durante el desesperado lapso en que la mujer, loca en medio de la noche, se empeñara en la búsqueda. No. El único capaz de traer los sacramentos, las cosas sacramentales, los rojos misterios católicos, el aceite sagrado, la estola ardiendo, era él, él, que permaneció fijo en su lugar mirando con atontada pena a la verde, a la azul muerte de la silla.

Hoy todo parecía inútil, y si él estaba equivocado, es decir, si existía esa inmovilidad de tinieblas, ese vagar, sollozando, bajo la mirada de Dios, de que la Iglesia hablaba con tan recia y colérica fe, su hija sufriría y más de todo lo que ya había sufrido en la tierra.

—Si no hay más remedio, atravieso a nado el río. Al amanecer vendré con el cura, de todas maneras......

Su mujer lo había odiado por un instante, cuando la niña roncaba ya, sin remedio; mas con un odio de tal intensidad, tan enorme y duro, que aquel instante tuvo el valor de una vida entera, como si lo hubiese odiado por mil años.

El iba por el cura con rabia. No podía existir la vida eterna, la muerte eterna; eterna, sin límites. Aunque en los ojos de su mujer sí existía esa vida eterna. Rabia de ir por el cura y de que la muerte, quizás, no tuviese fronteras, grande como un músculo de Dios. "De cualquier modo ya no podrá salvar su alma," se dijo con pena, pensando en la niña muerta. Y tornaba a mirar las durísimas mandíbulas de su mujer, que parecía creer en Dios con ellas y con su calidad de huesos cérrados. "Ella es Dios y ella es el sacramento. Dios existe tanto en ella como en mí no existe." Pero lo cierto es que no era Dios, sino otra cosa la que, bárbaramente, despiadadamente, estaba exigiendo ahí que aquella muerte pequeña, que aquel soplo evadido, fuese preparado, dispuesto sagradamente para el misterio.

Antes de salir sentóse por un momento en la misma silla donde estuvo la muerte, para observar todavía a su mujer, que había encendido unos cirios. Y de dónde cirios, como si los tuviera preparados desde mucho. Afuera soplaba el Norte.

Después de amortajar el cuerpo, la mujer sentóse en un banquito y quién sabe por qué parecía de rodillas, pidiendo perdón, a tiempo que veía la frente encendida del cadáver. Encendida por una luz que le salía. Dios santo, si estaba muerta.

—Me iré a nado, si no hay más remedio —insistió él, de tan triste como estaba.

El Norte daba golpes sobre la noche. Y el cielo no tenía luz, apagado, mostrando enormes masas negras que se movían espesamente, nubes o piedras gigantescas, o nubes de piedra.

Ya no decía nada con los ojos —de pronto vacíos, fijos—, su mujer, ahí como un baúl de llanto; sólo una absurda soledad la envolvía con su velo húmedo. Había que ocuparse ahora de avisar a los vecinos, para que viniesen a velar y a beber, con sus flores amarillas y blancas, si había; que viniesen a decir: "Ya sabes, Cecilia, cuánto lo sentimos. Ursulo, recibe mi pésame por el angelito." Angelito, angelita. Y Dios golpeando el cielo, la terrible bóveda obscura, sin estrellas.

Cecilia volvió su rostro maternal (tan maternal que ya de pronto él, Ursulo, era como su propio hijo, como su propia hija, de mirada obscura y extraños párpados mortales):

—Ten cuidado con el río. Le tengo miedo—dijo.

Y después:

—Si puedes traes parafina. Y un poco de mezcal, o si no, alcohol......

Ursulo salió entonces a la noche, sujetándose el jorongo, y experimentó la impresión de haber penetrado a un gran ojo obscuro, de ciego furioso. La arena se revolvía entrándole por los rudos zapatones y presionando sobre las agujetas hasta casi reventarlas. Era una arena como si el viento se hubiera vuelto sólido y sus extrañas materias, su vivo oxígeno, también se hubieran muerto, dispersándose en piedra múltiple e infinita. "¡Si aquí hubiese un cura...!" lamentóse, pues era preciso atravesar el río —cruzarlo, hacer una cruz— para internarse en el poblado donde estaba la iglesita. Arena y agua furiosas en la noche.

Caminó perplejo y entontecido por espacio de media hora, peleando con el aire y el chubasco. "Murió la pobrecita de Chonita" se di-

jo, pues Chonita se llamaba su hija. Y se lo
dijo como si él no fuera su padre y, no obstante, ella algo mucho más tierno, acaso más
querido que una hija. Una idea insólita, en
medio de la noche, surgía en su cerebro: el
último sacramento, la final comunicación de
los pecados, el último aceite, el óleo santo del
Rey de los judíos, no era otra cosa que la
inmortalidad. Pues la muerte sólo existe sin
Dios, cuando Dios no nos ve morir. Pero
cuando llega un sacerdote, Dios nos ve morir
y nos perdona, nos perdona la vida, la que
iba a arrebatarnos. Estas palabras que eran
una brasa, ya habían sido dichas por los ojos
de Cecilia, cuando la muerte estaba ahí, blanca, y una respiración invadía el cuarto, moviendo sus paredes y las paredes de todo.
"Verdad que ha muerto," repitió, sin dejar
por un instante de ver el cuerpo de su hija,
y lleno de asombro por la fijeza brutal de sus
pensamientos.

Caminaba a la ventura, sin orientarse, con
gran abandono, confiado en quién sabe qué
para llegar al río.

Cuando un vendaval lleva luz y es como
más clara su furia, menos ciego su impulso,
el corazón no se sobrecoge de vacío ni de
nociones infinitas. Presiente un lejano golpe
de esperanza. Pero cuando en la noche el
viento se desata y sus mil cadenas baten en
la tierra, el espíritu vuelve a sus orígenes, a

sus comienzos de espanto, cuando no había otra cosa que tremendos anticipos de gemidos.

Tropezó con un cercado en medio de la abrumadora obscuridad. ¿Qué? ¿Dónde estaba? El viento en su derredor, de agua, gemía, sordo y arbitrario. Entonces Ursulo sintió que, de tan triste, de tantas y repetidas ideas como tenía en la cabeza, había extraviado el camino.

Golpeó el cercado de madera:

—¿Estoy muy lejos del río?

¿Y estaría, en realidad, muy lejos, independientemente de que alguien diera respuesta a sus gritos y lo situara?

Dentro escuchóse un ruido pequeño y luego la voz indispensable, desconfiada, sorda:

—¿Qué quiere?

—El río...... atravesarlo......

El río, serpiente de agua negra y agresiva, sucio de tempestades, con su lecho de fuera en la agitada superficie.

Entre sueños, la desconfianza nocturna, el siempre esperar un enemigo en las tinieblas, hizo hablar también la voz de una mujer, que murmuró junto al marido:

—Tu machete......

El metal sonó dentro.

—¿A estas horas al río y con el chubasco......?

Ursulo sentía la terrible angustia de que no le abrieran.

—Voy por el cura......

"Miente," pensó el otro hombre, "es Ursulo que viene a **madrugarme.**"

—De una vez dime qué quieres, Ursulo.

Ursulo no dijo nada. Ahora pensaba, a su vez, que lo iban a matar. Que abrirían la puerta para descargarle un machetazo. Que aquel hombre no perdonaba nunca. Ya estaría de Dios.

—A Cecilia se le murió la niña......

A Cecilia; como si aquella niña no fuese también suya, aunque, en verdad, era Cecilia quien la había perdido.

Oyó entonces cómo el machete, suavemente, con dulzura, fué colocado de nuevo en el horcón. Y la voz rencorosa:

—¡Entra! —aunque también casi conmovida.

Se odiaban tal vez, y ya juntos, el uno frente al otro, no había palabras, sino un mirarse indefinido, impenetrables los ojos ciegos.

—Vienes a madrugarme, anda, pues —le dijo a Ursulo sin moverse de su sitio, ajeno, como si hubiera pronunciado otras palabras.

Ursulo movió la cabeza de un lado a otro, negando tristemente:

—Me perdí con este Norte. No traigo armas. De veras se murió Chonita.

Explicó que iba por el cura; que deseaba atravesar el río.

Y otra vez permanecieron mudos, en sorda lucha.

Ahí dentro todo era de tierra, sin muebles, apenas una silla y un metate antiguo, prieto como iguana. Del techo colgaban trozos de carne seca de res, llenos de humo, con su color humano, indígena, de cobre.

"Se le fué la hija, voló el angelito," pensó Adán, pues todos los niños son pequeños ángeles que vuelan. Y miraba los hombros tristes, acabados, de Ursulo, que tenía la cabeza inclinada y los ojos espesos de amarga ternura.

—Te doy mi pésame —musitó.

El viento tenía una manera de golpear, con la arena, con el agua. Una manera terca y sombría. De país terco y sombrío.

Y no podían matarse, estando ahí, el uno

frente al otro, sólo porque una muerte, físicamente extraña a los dos, los separaba.

—¡Vamos pues! —dijo Adán.

Ursulo levantó los ojos, pero no descubrió nada en los de Adán, pues nada había, solo el tezontle lejano de una raza, antigua como el viento. "Adán, el hijo de Dios. El primer hombre."

—¡Vamos!

La mirada recelosa de loba, el cuerpo de loba, el vaho de loba de la mujer, intentó una prevención, un gesto:

—Tu machete, Adán......

Adán la miró y quién sabe qué decían sus ojos de piedra que entraron por la mujer como un cuchillo.

Salieron. Adán sin el machete; desnudo, sin la parra, sin la hoja.

Poseía una barca para cuando iba a comprar aguardiente, cerillos, petróleo, carne seca, mezclilla, agujetas, espejos, en el pueblo al otro margen del río. Con un hierro ardiendo le había puesto **La Cautibadora** en un costado, hundidas las letras en torno de la be labial.

El olfato los llevó al río, y, también, un sentido que era una especie de reunión de todos los sentidos, como si la corriente lengua

del río se percibiera, sin verla, por los ojos;
sin oírla, por los oídos; sin tocarla; únicamente porque el hombre es también agua que
corre y desemboca, que colecta barro e impu-
rezas en su transcurrir, materias con mancha
y otras inmaculadas.

—Me perdí con el Norte, en la obscuridad
—dijo Ursulo— y **caí** en tu casa.

Adán había recibido la barca de los indios,
que se la regalaron para tenerlo contento,
cuando él era Agente Municipal en la Sierra. Tenía Adán esa sangre envenenada, mestiza, en la cual los indígenas veían su propio
miedo y encontraban su propia nostalgia im-
perecedera, su pavor restrospectivo, el naufragio de que aún tenían memoria.

—Creí que venías a matarme—respondió.

—No. No venía a matarte......

Callaron por un momento, y luego Adán:

—Me dió un poco de miedo......

Alguno de los dos sobraba en el mundo.
Quien fuera debía decidirlo el metal, el callado
acecho, la ocasión obscura.

Revolcábase el río, hiriente y próximo, tan
negro que podía estar en el aire, ser río celeste, en aquella obscuridad de cielo y tierra
donde los pies volvíanse lo único seguro y
cardinal.

La Cautibadora, ahí junto, ya hablaba su lenguaje de madera golpeada. Subieron.

Abajo de las rodillas se sentía la frialdad del agua que llenaba a **La Cautibadora** y con las manos empezaron a achicarla, provocando un ruido como de paladar en movimiento.

"¿Me arrojará al río?", pensó Ursulo, y nuevamente tuvo intenciones de penetrar en el sentido de aquella máscara, de aquella espesura enigmática de Adán. "Ahora no, ahora que ha muerto Chonita," replicóse. Y algo tan ilógico, tan descomunal, tan extraño, sólo pudo ocurrírsele porque así era la tierra de este país: tierna, cruel, hostil, cálida, fría, acogedora, indiferente, mala, agria, pura.

Pensaba en todo lo que Adán **debía** (Adán, padre de Caín, padre de Abel); en las vidas que **debía,** de las que era deudor, pues así se dice, y matar es **deber;** en el macizo, inexorable Caín de que estaba hecho; en los nombres muertos, sepultados, de Natividad, Valentín, Guadalupe, Gabriel, que Adán había borrado de la tierra. "Dice la gente que debe más de cinco muertes." Y quién sabe por qué el **más,** pues a la mejor sólo a cinco había matado. Pero la gente era una gente humillada desde hacía muchos años y muchos siglos; humillada desde su nacimiento, y la palabra más era tan sólo para indicar que el criminal —o los criminales de siempre—, seguirían matando. "Más de cinco." Más. Más Fatalidad pura, resignación triste y antigua, donde una apatía interior, atenta, inevitable y desolada, esperaba, sin oponerse, crímenes nuevos, más y más difuntos.

Habíanse desprendido hacia las aguas profundas.

¿Por qué se escuchaban con tanta claridad los remos en mitad de la tormenta? Aún cuando muy grandes, son pequeños junto al río. Junto al cielo desatado. No debe escucharse su rumor cuando el lamento de la tempestad lo ocupa todo. Era como si el río fuese de tierra y los remos paletadas sobre el vacío de otra tierra, mortuoria y sin consuelo. Un río de tierra. Mañana Chonita estaría bajo la tierra.

—Estamos solos...... —dijo Ursulo, pero Adán no percibió el menor sonido, atento a las vigorosas palas, cavando lo innenarrable de aquel río terrestre, mientras Ursulo gobernaba el timón.

Era una invitación de Ursulo para que Adán le diera muerte. Pero los remos estaban sepultando a Chonita y cubrieron su cuerpo de ceniza.

Como puntos, como cruces, repetíanse los nombres en la cabeza de Ursulo: Valentín, Gabriel, Natividad...... Los muertos. "¿Qué habrá sentido cuando le pagaron por mi muer-

te?", "Habrá dicho: voy a matar a Ursulo."
Imaginaba entonces la emoción dura, la casi
voluptuosa masculinidad, la reconfortante, opaca, animal sensación. Adán debía descender
de los animales. De los animales mexicanos.
Del Coyote. De aquel pardo **ixcuintle** sin pe-
los y sin voz, con cuerpo de sombra, de humo; de la serpiente, de la culebra; de las
iguanas tristísimas y pétreas. Si tuviera un
machete, una pistola, y si su hija no hubiese
muerto hoy, Ursulo lo mataría. Porque Adán
era hijo de los animales; de los animales
precortesianos que tenían algo de religioso,
bárbaro y lleno de misterio y de crueldad.
Aunque también Ursulo descendía de esos
mismos animales.

El río habíase vuelto un torvo caballo herido por metales ardiendo, que galopaba fuera de su cauce.

Podían matarse. Uno u otro podría dar la
señal, el impulso de muerte. "Basta que él
o yo empujemos......", pensó Ursulo, pero un
grito lo contuvo:

—¡Ursulo!

El grito desesperado de Adán a quien un
golpe de remo había precipitado al río.

Se despeñó como si algo lo reclamase y esto era sencillo y duro, como un matrimonio
de dos obscuridades.

"Habrá que salvarle la vida."

Ursulo entonces luchó con desesperación en contra de aquel sér insensato que lo abrazaba impidiéndole nadar. Iba a salvarlo y Dios sabe por qué. Acaso porque se trataba de salvar una especie de destino representada por aquel hombre. Por aquel Adán, hijo de Dios, padre de Abel, padre de Caín; de salvar el fraticidio obscuro; el crimen del Señor, del Hijo, del Espíritu Santo. Hoy no podía dejar que se ahogase. Cualquier otro día menos hoy, cuando su hija, allá, bajo los cirios, recibía una luz última, el parpadeante soplo de la nada.

Arrojó el cuerpo al fondo de la barca, jadeante, el pecho obscurecido de una respiración mojada, de un rápido viento con fatiga.

¿Por qué lo había salvado? Ellos eran dos ixcuintles sin voz, sin pelo, pardos y solitarios, precortesianamente inmóviles, anteriores al Descubrimiento. Descendían de la adoración por la muerte, de las viejas caminatas donde edades enteras iban muriendo, por generaciones, en busca del águila y la serpiente. Eran dos pedernales, piedras capaces de luz y fuego, pero al fin piedras dolorosas, oyendo su antiguo entrechocar, desde las primitivas pisadas del hombre misterioso, del poblador primero y sin orígenes.

Cruzarían el río y después, antes de llegar

con el cura, el brusco mezcal les dolería por el cuerpo, calentándolo.

Aún cuando, ¿qué sentido encerraba aquello frente a todo lo muerto, frente a todas las cosas muertas y sin resurrección?

La noche parecía no tener fin y Adán dentro de **La Cautibadora,** como dentro de un ataúd, con el cerebro obscuro y la respiración entrecortada, tampoco tenía fin.

Los remos batían el agua terrenal y mortuoria. "Gracias," pensó Adán; pero un rencor inexplicable, una vergüenza, un agradecimiento rencoroso, le impidieron pronunciar la menor palabra.

Ya podían verse dos a tres luces vacilantes, que subiendo y bajando eran un anuncio del pequeño pueblecito. Las campanas del humilde templo dejaban, con el aire, notas trémulas y angustiosas, como ramas diminutas arrancadas a otra, corpulenta y central. Aquello parecía un lamento de auxilio en mitad de la noche turbia. "¿Por qué no habrá dejado que me ahogue?", y un sentimiento inaudito embargó el pecho de Adán, porque hubiese querido en ese instante, echarse sobre Ursulo para arrojarlo al río y, de una vez, desembarazarse de todo: del odio que le tenía, del miedo, del agradecimiento.

—Podría matarte ahorita —gritó— pero no quiero......

Ursulo permaneció callado, comprendiendo que si Adán no lo mataba era únicamente porque su hija, la hija de Ursulo, había muerto, y hoy iban juntos por el cura.

II.

PEQUEÑO, ligeramente desconfiado, el cura miraba con atención a los dos hombres, sin comprenderlos, tan iguales y diferentes a la vez. Adán sin ojos, el rostro feo, huidiza la frente, el pelo duro y brutal. Ursulo impenetrable, recogido. Los labios tenían en ambos una manera de no expresar nada, carentes de sensualidad, pero simultáneamente gruesos y bellos. Tan sólo bocas fuertes, esculpidas, cubriendo la apretada dentadura de elote. Sin ojos. No se les veían, en efecto, hundidos, y espesos: piedras ágiles, secas, vivas y afiladas; piedras que podrían cortar y también ver en la noche, pues en ella estaba su origen y más que ojos eran una sombra helada.

—¡Venimos por usted...... —dijo Adán con una indolencia reptante, saliéndole las palabras llenas de apatía, de frialdad, como callada amenaza.

El cura lo miró profundamente. Hombre extraño éste que se le presentaba con su simplicidad, su dureza suave, su exactitud. Era imposible conocerlo —y hasta de oídas resul-

taba irreal, mitológico—, fuera de cierta cosa
vaga y siniestra. Sin embargo era dulce. Tal
vez matase con ternura, cariñosamente, porque el homicidio parecía serle sensual y cáli-
do, y la tibieza de la sangre necesaria como
necesario el sobrecogedor poder de arrebatar
la vida.

Una angustia desprovista de fuerza, cual
si estuviera rendido de cansancio se apoderó
del cura y de su pobre alma llena de vaga piedad. Juzgó preciso negarse y al propio tiempo
en su corazón se repetía la súplica, la orden
o aquello que quiso decir Adán: "Veninos
por usted." Venimos. Para que los acom-
pañara; para que fuese con ellos a través de
la noche.

Más allá de los muros de la iglesia se encontraba el río, líquida espada, tumulto de
sombras. Unos días antes apenas si era pobre
agua mínima, de lento barro.

Quería negarse a ir con ellos. Si el río
estaba tan crecido. Ayer o la semana anterior
habría llovido mucho, allá, entre las montañas, por la Sierra. Y hoy, infinitamente, aquí,
en la planicie, sin cesar, un Diluvio. Tanta
falta que hizo durante el último tiempo, que
morían de sed los animales, los perros.

Iba a oponer ya su objeción: "Perdónenme,
hijos míos......", pero la sencillez abrumadora
de aquellos hombres salidos de la noche im-

pedía cualquier esfuerzo. De la noche y de la muerte y que estaban ahí con su olor a mezcal. Pues cuando él dijera: "Perdónenme, hijos míos, no puedo......", y en seguida la excusa, seguirían sin alterarse, musitando tan sólo: "Está muy bien, padre," o "Está bien" o "Dispense la molestia," con la voz uniforme y sin emoción, para salir de nuevo a las tinieblas, ya que los determinaba la sombra de un pensamiento fijo en el que las cosas, como ocurrieran —en cualquier sentido—, debían ocurrir así.

"Hay que acompañarlos," pensó al cabo, vencido por su propio estupor y por la fuerza silenciosa, pertinaz, que salía de ellos.

Unicamente de oídas los conocía. Invulnerables y vivientes; símbolos quietos con su pasión terca corriéndoles por la sangre. "Y —penso— si enemigos como son hoy se les ve juntos, no es sino porque tan sólo, han aplazado el odio para sustituirlo por esa convivencia silenciosa y sombría del país." Imposible concebir que alguna vez se tendieran la mano con verdadera lealtad o que alguna vez el contenido de las palabras cristianas se les revelase con su voz cálida. "No creen únicamente en Cristo, sino también en sus cristos inanimados, en sus dioses sin forma." En ellos Cristo se inclinaba sobre la serpiente aspirando su veneno, consubstancial y triste.

El cuerpo bajo y pesado de Adán respiraba y quién sabe qué sería de ese oxígeno entrando por la nariz y mezclándose después con aquella sangre de composición tan desoladora, tan deprimente.

Adán invencible, que bisbiseó sin la menor sombra de reproche:

—Si no quiere venir, padre, no venga......

El cura miróse la punta de los pies, sin contestar. Tristes pies que sostenían su materia, que la dejaban erigirse. Ellos eran los que conducían, los que trasladaban, los que iban por la tierra. Cristo murió con los pies atravesados y de su pecho solitario brotaron aquellas terribles palabras: ¿Por qué me has abandonado?", y cuando llamó a Elí las gentes creyeron por un momento que era en verdad el Hijo del Hombre y que Dios aparecería para salvarlo. Cumplióse no obstante el misterio y Cristo se perdió. Se perdió por los clavos que lo unían a la cruz, al mundo, a su calidad de hombre terreno y vulnerable, de pies heridos, de inválida y amilagrosa voluntad.

El cura sentía ahora los clavos en sus pies. Innenarrable carpintería del sufrimiento, de la soledad. Y frente a los suyos, los pies de Adán, humildes, y también los de Ursulo.

Tornó a mirar a los dos hombres que ya eran dos ángeles indios, torvos ángeles con

las camisas raídas y una nostalgia infinita y
un pavor. ¡Era tan imposible hacer nada en
su contra! Veíanse como en formación con-
tinua, aglomerando y dispersando su propia
materia, vencidos en absoluto y con cierto
rincón, no obstante, tercamente victorioso,
hostil, que paralizaba el entusiasmo. Antojá-
base ver en ellos sólo un ruido con forma
humana, lleno de tristeza y de rencor. Eran
un ruido, un simple entrechocar de cosas sin
luz.

Imaginó entonces que un animal desesperado, enemigo de sí mismo y cuya fuerza di-
manaba de su propia capacidad para destruír-
se, para no ser, los había formado.

Adán estaba hecho de una liturgia compac-
ta, sangrienta, cuyo rito era la negación por
la negación misma; liturgia que había nacido
de un acabamiento general donde la luz se
extinguió por completo y sobre el que se edi-
ficaron, más tarde, tan sólo símbolos destruc-
tores, piedras en cuyos cimientos germinaba
la impotencia tornándose voluntad, modo de
ser, fisonomía. Adán era la impotencia llena
de vigor, la indiferencia cálida, la apatía activa. Representaba a las víboras que se matan
a sí mismas con prometéica cólera cuando se
las vence. A todo lo que tiene veneno y es
inmortal, humilladísimo y lento.

Igualmente enigmático, Ursulo, son sus
hombros lejanos que le caían muy por debajo

de la cabeza triangular y vaga, ante los ojos
del cura dábale miedo también, certeza del
desconsuelo; de que había en esta tierra un
suceder inevitable y malo. "De que los muertos entierran a sus muertos," pensó absurda-
mente, pues absurdas eran las palabras evan-
gélicas. "Y —se dijo al pensar en ellas— ¿en
verdad de dónde vienen, siendo tan misterio-
sas?" No hubiese podido responder, pero las
palabras eran como una definición obscura y
cierta. "Los muertos entierran a sus muertos
en este país." Recordó entonces la frase exacta de Cristo cuando en Galilea, a donde había llegado después de atravesar tierras de Sa-
maria —aunque costumbre entre judíos, era
hacerlo, mejor, por el curso del Jordán—, en
respuesta a uno de sus discípulos que pedía:
"Señor, dame licencia para que vaya primero
y entierre a mi padre," dijo extrañamente,
profundamente, la frase misteriosa y arreba-
tadora: "Sígueme y deja que los muertos en-
tierren a sus muertos." Los muertos cobraban
entonces una calidad viva y superior. De
pronto eran ya, consagrados e inmortales, actitud, salvación, renuncia. Y este país era un
país de muertos caminando, hondo país en
busca del ancla, del sostén secreto.

Sentíase el cura deprimido frente a los dos
hombres aunque, de otra parte, algo duro e
incomprensible lo ataba a ellos, como si le
hubiesen abierto un profundo vacío en el corazón.

Eran los pies y los clavos. La incapacidad de resurrección. Que Elí, que Elías, que el Rey, que el Padre, habíalos abandonado. Los pies sobre la cruz; los pies en cruz y el agua y la sangre brotando del costado para anegar la patria inmensa, sangre y agua de piedra.

—¡Arréglese, padre, para que nos vayamos......! —dijo Adán—. Y lo curioso que, a pesar de la forma imperativa, la frase había sido pronunciada tiernamente.

El cura oyó esta voz húmeda que parecía tener unas lágrimas, y su espíritu llenóse de mayores enigmas. "A pesar de todo —es decir, a pesar de la ternura, pensó trabajosamente—, este hombre no tiene religión," pues notaba la desnudez, la falta de duelo, de misterio, que había. Voz anterior al paganismo, vinculada a otro misterio: los clavos de pedernal humilde y sombrío entrando por los pies de Hutzilopochtli miserable y tierno. Otro misterio que no el católito, de luto y olorosa muerte.

—¿Es muy lejos?—preguntó.

—Al otro lado del río......

Esperaba tal respuesta. Tenía miedo del río, del Diluvio. Tenía miedo de los elementos. Del fuego y del aire.

—¿Aún vive gente ahí? —dijo entonces con asombro involuntariamente fingido.

No ignoraba que viviese gente del otro lado del río, pero cuando hoy se lo recordaban, sentía pena y una especie de remordimiento. El no era nadie ni nada junto a la gente aquella. Allá vivían como perros famélicos, después de que la presa se echó a perder y vino la sequía. Vivían obstinadamente, sin querer abandonar la tierra.

Ursulo y Adán asintieron.

—Muy poca, padre, nada más cuatro familias......

El cura movió la cabeza. Era inconcebible que pudieran permanecer seres humanos en aquella soledad. Por su pensamiento apareció la tierra avara y yerma: extensiones de cal dura y sin misericordia donde florecían las calaveras de los caballos y escuchábase el seco rumor de las culebras sedientas; desgracia de tierra apenas con sus cactus llenos de ceniza y agrio jugo de lágrimas remotas, hundidas en lejana geología.

—Ahí vivimos, padre...... —reiteró Ursulo.

Dijo estas palabras con firmeza y desolación, con sus labios duros, con su alma dura pensando en el empeño brutal que los tenía unidos a la tierra sin provecho. Habían esperado el agua largos meses. Habían esperado su descender fecundo y esperanzado.

—¡Caminemos! —dijo entonces el cura, a

tiempo que terminaba de arreglarse, aprensivo y triste.

La tempestad había aumentado su furia. De las nubes de carbón brotaban relámpagos azules y el cielo veíase sin promesas.

Pensó el cura que era necesario rezar, bajo la tormenta. Nuevamente miróse a los pies ahora en movimiento sobre el lodo. Pies fundamentales, sustantivos. Sobre ellos se levanta la estatua del hombre, pero en las manos fué también herido Jesús. Y de las manos sale el trabajo, la dura azada, el varonil martillo. Era preciso rezar. Eran precisos el gemido o la palabra para rezar, mas su corazón estaba turbado y sus manos permanecían impotentes bajo el mar embravecido del cielo.

—¡Tome usted, padre! —le dijo Ursulo tendiendo la botella de mezcal.

El mezcal; el vinagre. Porque el hombre tiene sed junto a la muerte. Y podía explicarse entonces, con una claridad iluminada, que estos dos seres y los centenares y millares que poblaban la tierra contradictoria de México, junto a sus muertos, silenciosamente, amorosamente, bebieran siempre su alcohol bárbaro e impuro, su botella de penas.

Tomó el mezcal y la bebida de fuego insinuóse lentamente por dentro de las sombras que lo cubrían, latiendo con su olor metálico y duro.

No lejos, el río se escuchaba como un lagarto inmenso, respirando, y la crepuscular mañana daba golpes de ciego tras empecinadas nubes. No amanecería jamás. La tierra había perdido el alba; una lucha angustiosa se libraba de la tormenta contra la aurora, del gigantesco saurio de la tempestad contra la espada, como al principio de este sistema de odio y amor, de animales y hombres, de dioses y montañas que es el mundo.

Porque la mañana tiene su sangre luminosa que desparrama dulcemente por atmosférica, angélica escala, y valles y colinas y barrancas llénanse de su acontecer sonoro, de su múltiple fuego. Mas hoy, agua y sangre por la misma vena, por el mismo costado, Cristo del aire, repetición de la lanza, no dejaban sino un crepúsculo humano de tejidos mortuorios, presente sin afirmarse, golpe sombrío desde un cielo inconcebiblemente alto y lejano.

"No, no va a amanecer —pensó el cura—, no amanecerá nunca."

Caminaban silenciosos bajo la tormenta. Oíanse las pisadas de Adán, firmes, como si pertenecieran a la tierra misma, seguidas de los pasos de Ursulo y el prevenido andar del cura.

Allá, del otro lado, estaría la mujer de Ursulo, junto al cadáver de mediecitas color de rosa. Los ojos de Cecilia serían los mismos ojos bajo la luz de las velas. Las mediecitas suaves, blandas, con su humilde popotillo, aunque después, ya en las piernas, cobraran su dureza, muy sólidas, macizas, que se antojaba tocarlas, tan frías.

Había sobrevenido la muerte y era casi increíble y nebuloso de tan cierto.

Ursulo estaba obscuro, rotundamente resignado; no obstante querría que su hija viviese para oírle la voz. Aquella voz de volumen tangible. O siquiera la respiración; aún la brutal, la desesperada respiración última.

La sombra de Adán, ahí enfrente, gritó:

—Estamos ya muy cerca del río......

Pero no; el río llevaba mucha corriente y sólo el crecido rumor de sus aguas era lo que parecía aproximarlo.

Enfrente de Ursulo, las espaldas de su enemigo. La muerte, que los separaba, hoy los unía con su tregua silenciosa. De no ser porque la niña estaba muerta y Cecilia velando el cuerpecito, este encuentro de hoy se resolvería en seco. Pero era imposible.

Llevado de un impulso ciego:

—¡Padre! —se volvió Ursulo gritando—, ¿por qué no vuelve a su iglesia......?

El padre no dijo nada desde la obscuridad. Su iglesia estaba ahí caminando con aquellos hombres. Su iglesia viva, sin ubicación, junto a la muerte mexicana que iba y venía, tierna, sangrienta, trágica.

El propio Ursulo comprendió que el cura no podría regresar ya, y no tan sólo por la tormenta, sino porque de pronto se encontraba ligado a eso que ellos, Ursulo, Adán, Cecilia, Chonita, representaban: contradicción, desesperanza.

Fuera de ellos el paisaje parecía el mismo e interior paisaje que llevaban dentro: desesperanzado, contradictorio. Cuando el cura se decía "no amanecerá nunca," más que por el mundo exterior lo pensaba por los corazones en los que la noche había varado. Por esos corazones temblorosos y en tinieblas de Adán y Ursulo. "Y, ¿porqué —preguntábase— ir hoy con los sacramentos?"

No eran, por cierto, ellos dos, Ursulo y Adán, quienes lo habían llamado. Llamábanlo, mejor, las sombras, el abismo, la tristeza, todo aquello sin amanecer y sin aurora que latía tan fuertemente en el aire, en su iglesia, en el río, en el secreto de la confesión. El paisaje era el mismo, ahí dentro del pecho de cada hombre y dentro de la historia. Y por eso iba con los sacramentos; para compartir la revelación siniestra del naufragio, del permanente naufragio en que que se vivía.

Aquellos dos hombres caminando, eran su iglesia; iglesia sin fe y sin religión, pero iglesia profunda y religiosa. Lo religioso tenía para su iglesia un sentido estricto y literal: **re ligare,** ligarse, atarse, volver a ser, regresar al origen o arribar a un destino; aunque lo trágico era que origen y destino habíanse perdido, no se encontraban ya, y los dos hombres caminando, los tres hombres caminando, dos y tres piedras religiosas bajo la tempestad, eran tan sólo una vocación y un esfuerzo sin meta verdadera. ¿A dónde? ¿A la niña moribunda o muerta? ¿A los sacramentos rojos y morados de Roma? ¿O simplemente a llorar de nostalgia por otra muerte, lejanísima y consubstancial, común a todos y que no era la de Chonita, pequeño accidente de la tierra, apenas blandas o rígidas mediecitas color de rosa?

El era lo que se llamó convencionalmente, para precisar un bando de la guerra religiosa, cura "de Roma." Pero la cardenalicia, papal, irrevocable ciudad, no decía nada al pueblo. Roma era <u>Dios</u> y Roma era la Iglesia. Pero aquí había otro Dios y otra Iglesia. El Cristo de esta tierra era un Cristo resentido y amargo. Nadie descubrió, por ejemplo, unos años antes, cuando la guerra de los cristeros, que esa religión de Cristo Rey, que esa religión nacional, era otra, y que Roma al predicarla, al ejercerla coléricamente y con las armas en la mano, no hacía más que disolverse, reintegrándose a lo que siglos atrás había destruído cuando sobre los templos indígenas se erigieron los templos del duro, seco, inexorable y apasionado catolicismo. La religión de los cristeros era la verdadera Iglesia, hecha de todos los pesares, de todos los rencores, de toda la miseria de un pueblo oprimido por los hombres y la superstición. Cristeros llamábanse, tomando el nombre que sus propios enemigos les habían dado. Y la palabra ruda, brutal, arreligiosa, los enorgullecía, pues en efecto está llena de fuerza y contenido: era una suerte de diálogo entre el misticismo y la rabia, entre el pavor y la crueldad: todo lo que hacía retroceder al hombre hasta su yo antiguo y defender en Dios el derecho a la sangre y con la sangre afirmar una fe vaga, siniestra y aturdida.

La lucha se estableció en torno de la iglesia y no sólo en el sentido religioso, poderoso de la palabra, sino literalmente. Ahí en el pueblo los agraristas y federales llegaron con el propósito de desalojar a los cristeros y apoderarse del templo para que oficiara un cura cismático. El cura "romano" —éste que hoy mismo acompañaba a Ursulo y Adán—, contempló el duelo desde un lugar seguro. Recordaba ahora los gestos, las palabras, y cómo aquellos "viva Cristo Rey," "viva la Iglesia Mexicana," "viva la Revolución" que uno y otro bando lanzaba, no tenían significado alguno pues eran tan sólo un expediente de la

cólera, del miedo y de esas intolerables ganas
de orinar y beber agua que sobrevienen durante un tiroteo.

Los cristeros avanzaban con cautela, irrea-
les, dirigidos por Guadalupe, su jefe. "Somos
muy pocos," pensó el cura desde su lugar,
los labios secos en absoluto y una gran tristeza. Los disparos eran nubecillas blancas y
los hombres, vistos desde lejos, caían sin
ruido y como sin sufrimiento. "Lo curioso
—pensaba el cura—, que luchamos no sólo
por el mismo templo, sino por la misma Iglesia resentida y obscura."

Porque ni la Iglesia Romana ni la del Cisma
dependían de Roma, en realidad. Eran ambas
una sola iglesia; una iglesia de la nostalgia, de
la resignación y de la muerte.

Desde su atalaya el cura advirtió cómo
Guadalupe hacía ondear su camisa blanca en
el cañón de una carabina, pidiendo tregua.
Hasta él llegaron los gritos salvajes de los
agraristas vencedores que agitaban sus fusiles
en el aire, bajo la mañana clarísima. No
supo qué hacer. Huyó. El cielo era transparente; transparente y él en loca carrera. "Una
sola Iglesia, sí, un solo templo." Le dieron
asilo hasta el anochecer en que partió a caballo para esconderse. Días más tarde supo de
Adán, a quien hasta hoy conocía. Adán atroz
que llevaba ese nombre de padre. Supo de
Adán: que había matado a Guadalupe y tor-

turado salvajemente a Valentín, otro de los jefes cristeros.

Ahora, bajo el chubasco, miraba las espaldas de ese hombre, y nuevamente sentía miedo, pues algo comenzaba a crecer dentro de su corazón. Eran unas espaldas anchas y pesadas, como baldosas. Las caderas fuertes resentían su peso y balanceábanlas con ritmo varonil, seguro. Era aquello sentirlo muy próximo, tocar casi su naturaleza increíble de firme criminal. Pero entre Adán y los dos hombres interponíase un siglo de sombra. Imposible hacerle nada.

Tropezó Adán con **La Cautibadora**, varada ahí junto al río y dió un grito que nadie pudo oír:

—¡Ya llegamos......!

Se sentía ciego, abrumado, y era dentro de sus entrañas donde el río le daba golpes, tan grande, con su ruido infernal.

—Apenas si podremos atravesarlo —gritó otra vez.

No se le escuchaba. Nadie podría oír siquiera su propia voz.

—Se va a desbordar...... —dijo Ursulo.

Mas inútil decir nada con aquella aurora tenebrosa y aquel cielo sin concavidad, derrumbado.

"Rezar —pensó el cura— quisiera rezar......"
Pedir perdón. Conmover con un ruego obscuro la voluntad extraña que aplastaba la tierra, pues un monstruo le nacía dentro del corazón. Rezar. Pero no. La figura de Adán
impedía todo.

—¡Vámonos!—dijo desesperado.

Empujaron entonces la barca echándola sobre el río, y se internaron en las aguas, po-
seídos por entero de un inmenso rumor.

III.

TENIA en efecto sus mediecitas color de rosa y un vestido amarillo, muy bonito. Las gentes la admiraban ahí, sobre los cajones de jabón Octagón disimulados con papel de China, crecida como había quedado, y con sus manos. Sentábanse de nuevo para volver otra vez, a poco, junto al vestido amarillo que no tenía respiración, que no tenía nada.

Los rezos cada vez más se volvían un ruido con sueño. Les daba un sueño terrible ver aquellos cajones de madera blanda impresos con letras rojas y negras, a los que cubría el papel de China. Y luego el ruido como de mariposa a causa del viento. Mariposa que obscurecía a veces todo el cuarto cuando una ráfaga apagaba los dos cirios.

El viento era como el río, trayendo su humedad y sus advertencias, y la mariposa tenía también sus alas de agua, como lágrimas. Dormíanse las gentes con los ojos pesados, sin dejar, empero, de repetir las mismas plegarias bisbiseantes: "Ruega por nosotros, los pecadores, ruega, ruega."

Habían llegado primero Calixto y su mujer. llamada La Calixta. Más tarde Jerónimo Gutiérrez y la suya. Todos eran flacos y feos.

La Calixta parecía embarazada a causa de la hidropesía y su flacura, de esta suerte, era extraordinaria y como más sucia. Llegóse también hasta el cuerpecito y no tuvo empacho en tocar las piernas rígidas.

Nadie llevó flores —sólo Jerónimo una botella de tequila que a todos ofrecía con su mirada húmeda y tierna—, porque la pobreza era muy grande y flores no se podían encontrar en sitio alguno.

Sobrecogiéronse al principio con la mariposa del aire, todo porque la lobreguez de la noche predisponía al miedo y porque las rendijas como que lloraban, al silbar. Los hombres comenzaron a beber tequila y un poco después las mujeres, excepto Cecilia, que estaba en un rincón, silenciosa en absoluto.

—Nada más un traguito —le decía Jerónimo con la botella en la mano—, para el frío......

Cecilia lo miró tan fijamente y a la vez en una forma tan absorta, que Jerónimo regresó a su sitio, desconcertado y con temor. "Parece loca," se dijo.

La mariposa era grande, y la última vez que apagó los cirios, nadie, por indolencia y

fatalidad, hizo el menor intento de encender-
los nuevamente, confundiendo así el cuarto
con la noche entera, con la noche animal que
rondaba el mundo. Aunque todo era un regreso a lo animal y aquellos seres rodeando el
cadáver apenas si tenían una explicación vaga.

Cecilia se levantó para encender los cirios,
pero un golpe de viento apagó el fósforo, dejándolo apenas en instantánea chispa azul.
¡Había oído tantas cosas sobre cadáveres in-
cendiados al caer sobre ellos una vela!: cómo
sus vestiduras ardían y luego ellos también,
transformando a la muerte, de helada que es,
en muerte cálida, de brasas y fulgores. ¡Muerte cálida! Aprovechando la obscuridad, a tientas, palpó el rostro de su hija: Muerte cálida
la suya, como en San Anastasio —**Entra,
muerte, en mí y abrásame con tu tremendo
fuego, que si a otros como al infierno, a mí
como el cielo ha de arderme, para purificar-
me. Entra, muerte caliente, en mí—**, pues las
mejillas eran más que vivas, con fuego bajo
la piel. Algún pensamiento final habría quedado tras la frente, sin salir, escondido dentro
del mármol de lumbre.

Al encender otra vez los cirios, encontróse
con las mediecitas y el vestido amarillo-duro.
Besó aquel cuerpo para cerciorarse del calor
de la muerte. Y no. Chonita estaba fría
sobre las alas de la mariposa; en movimiento.

Chonita estaba en movimiento, pues la muerte es móvil y avanza un milímetro por mes, o por año, o por siglo. Bajo la piel las entrañas movíanse hacia su disolución y los tejidos caminaban y las manos dejaban de ser manos.

—Tarda Ursulo con el cura...... —musitó Calixto, que antes no había dicho una palabra.

Y como hablaban era sólo un modo de silencio, empequeñeciendo las voces hasta hacerlas un monótono transcurrir.

La Calixta dijo que había que entonar un alabado. Y todos feos y flacos, respondieron que sí.

"Perdón, oh Dios mío," empezaron entonces.

Era un canto pavoroso y sin solemnidad, lleno de terror ante Dios. Cantaban con toda su alma, recordando, intuyendo un castigo infinito. De ser posible hubiesen sacrificado a un sér humano sacándole el corazón para ofrecerlo a la Divinidad vengativa.

"Perdón y clemencia......"

Clemencia para sus vidas sin abrigo, para su soledad, para sus cuerpos flacos y feos.

"Perdón, indulgencia,
perdón y piedad......"

Eran ellos los muertos; los que comparecían ante el pequeño cadáver, tribunal helado con pies, con labios y un vestido amarillo. Ahí estaba él juzgándolos desde su altura. Limitado y duro, breve en su dimensión, era el escándalo de la muerte, el denominador de aquellos seres que si se habían reunido ahí, que si rezaban, que si, al mirarlo, sentían una vaga nostalgia y la presencia a un tiempo grave y gozosa de un pensamiento profundo e ignorado, era tan sólo por responder a un destino superior, trágico, noble y sombrío.

La mariposa volaba con sus alas sin ojos y afuera la noche: era una víbora reptante, agrandándose sin cesar.

La muerte tomaba con frecuencia esa forma de reptil inesperado. Agredía a mansalva y agrándandose simplemente para dejar la mordedura y retroceder a su rincón húmedo. Una víbora con ojos casi inexpresivos de tan fríos, luchando, sujeta por el águila rabiosa, invencibles ambas en ese combatir eterno y fijo sobre el cactus doloroso del pueblo cubierto de espinas.

"Perdón, oh Dios mío,
mil veces nos pesa
el haberte ofendido......"

Ahora estrechaba sus anillos y era el río. Su deslizarse cauteloso se oía sobre las pie-

dras, con rumor de escamas líquidas, de piel
acuática.

>   "Mil veces nos pesa
>   por tanta maldad......"

Mientras persistiera el símbolo trágico de
la serpiente y el águila, del veneno y la rapa-
cidad, no habría esperanza. Habíase escogido
lo más atroz para representar —y tan cabal-
mente, tan patéticamente—, la patria absurda, donde el nopal con sus flores sangrientas
era fidedigno y triste, los brazos extendidos
por encima del agua, cruz extraña y tímida,
india y resignada.

Las voces subían de tono, ya un poco bárbaras a causa del alcohol, que agudizaba los
sentimientos; de pronto los cantantes daban
gritos desacompasados y primitivos, al repetir
con desesperada insistencia los versos. Veíase que estaban semi-ebrios, con los rostros sin
pena y una vaga y deconsoladora lujuria.

—Cecilia —balbuceó Jerónimo, borracho—
lo sentimos mucho......

Y repitió en seguida: "Mucho, mucho,"
en tres tonos diferentes de voz.

Súbitamente, como si aquellas palabras hicieran falta para ello, todos sintieron una piedad inconcebible. Las lágrimas les obscu-
cían la garganta y una mezcla de sentimien-

tos abatíales el pecho: ora tristeza o rabia, ora sensualidad o miedo, ora lascivia torpe y escondida.

—Sí, lo sentimos mucho, **Cecilita** —agregó por su parte Calixto, oprimiéndole la mano con un subterráneo, defendido deseo, a tiempo que experimentaba una cólera impotente contra la barriga descomunal de su mujer..

La Calixta lo miró con ojos lastimeros y repugnantes, llenos de agua. "El cabrón......", pensó con miedo y ternura. Nunca había tenido hijos y su marido le golpeaba el vientre abultado, para que pariera. "Estas embarazada del diablo," decía.

Cecilia retiró la mano con indiferencia, pero advirtiendo el brillo turbio de los ojos de Calixto.

Otra vez la mariposa negra agitó sus alas tartamudeantes, y en seguida volvióse como un pájaro duro, con alas secas, mientras las llamas ondulaban. El mismo rostro de Chonita recibió un soplo y los cirios se apagaron. Levantóse entonces Celilia y Calixto la siguió hasta el adivinado catafalco.

Iba a encender los cirios, pero la mano derecha de Calixto resbaló por la suya hasta tomarle la caja de fósforos impidiendo todo. Sintió luego cómo la otra mano, desde su cintura, ascendía hasta detenerse en el pecho.

—Ursulo no la quiere, Cecilita...... —oyó por encima del hombro la queda voz alcohólica.

El diminutivo estaba anegado de deseo, un deseo imperativo, que quería ser poderoso, todopoderoso, capaz de atraer sin remedio.

—No la quiere...... —insistió, oprimiendo.

Cecilia quedóse quieta, sin cólera. La mano de Calixto estaba entre sus senos, temblando, mientras el corazón latía desaforadamente, a través de la corpórea estructura, hasta ella. Había transcurrido un minuto largo en medio de la obscuridad y aún no le era posible encender los cirios. Las demás gentes, asustadas del silencio, reanudaron su canto monótono y entonces la voz de Calixto, junto a Cecilia, unióse al coro sin que su mano, entre los senos de la mujer, desistiera.

"......mil veces, Dios mío......"

Y no por hipocresía, pues su voz temblaba desconsideradamente y las palabras "perdón, clemencia, Dios mío," eran otra cosa anhelante.

—Se lo voy a decir a Ursulo...... —musitó Cecilia haciendo que Calixto la soltara.

Entonces con un temblor en el pulso rasgueó los fósforos trasladando la luz violeta a los cirios. Temblaba. Temblaba por aquella mano reveladora que había tocado sus senos amaternales ya. Senos que crecían hoy libres del hilo lácteo, dulce, vital, que era antes Chonita viva y que, muerta, rompiera su cuerpecito fijo, quieto y sin respuesta.

Calixto tenía un aire estúpido en medio de la habitación. Su mujer lo miró estupefacta, adivinando lo que había ocurrido en aquel minuto de obscuridad. No sentía celos. Desde mucho tiempo atrás no lo quería y él, por su parte, parece que nunca la quisiera. Sentíase como quebrada, pero de una manera sencilla, lógica, porque habiéndosele revelado en esta noche de muerte, de desolación profunda, el vacío de la vida, sobraba todo lo demás, frente al cadáver de Chonita interpuesto a partir de hoy, en medio de la noche, en medio de la tempestad, en medio del olvido.

Jerónimo, ebrio ya, hablaba del río, de que Ursulo tardaba, de mil cosas, con ritmo monótono y obstinado. Era la suya una borrachera definitiva, tan desesperada, si se quiere, como todas las borracheras del pueblo. Un pueblo en trance de abandonar todo, un pueblo suicida y sordo, que no sólo estaba amenazado de desaparecer sino que él mismo deseaba perderse, morir, aunque su infinita ternura lo detuviese en gestos, en palabras, en revoluciones bárbaras y entrañables y en lo que, majestuoso, lleno de gracia, salía de sus manos.

Totalmente borracho, Jerónimo vacilaba, con los ojos enrojecidos, insistiendo en torno de negras predicciones: que morirían todos, que las aguas del río crecerían como nunca, que era forzoso huír. Levantóse con torpeza para atisbar por la ventana:

—¡Se inundará todo! —gritó con voz estentórea, sin comprender en absoluto, pues de pronto una gran cólera se había adueñado de su sér.

Los demás se estremecieron al descubrir cierta cosa verdadera y amenazante en las palabras de Jerónimo. Iba a expandirse la serpiente, sin duda. Su cuerpo líquido y arrollador caminaría por la tierra barriendo obstáculos. Ya respiraba y su latir extendíase por el aire.

Jerónimo hubiese querido pegarle a su mujer, quién sabe por qué. Se aproximó lentamente, en zig-zag, y quiso mirarla de frente, pero ya era demasiado tarde: olvidando todo cayó fulminado por el alcohol.

—¡La botella! —gritó Calixto al ver que del bolsillo de Jerónimo se derramaba el tequila.

Poco a poco todos se habían olvidado del cadáver. Quizá hasta la propia Cecilia tuviera una idea nebulosa de la muertecita, pues la veía con una emoción muy lejana y muy lenta, pensando con obstinación: "Está fría," sin que el pensamiento, a su vez, fuese concreto, antes vago y desleído. Como si el bloque de hielo de la muerte se hubiese desleído, en realidad, en las duras, amargas, pétreas, rencorosas, animales, silenciosas lágrimas, ignorándose —cual ocurrió—, si ardía, si tenía llamas, fuego o estaba aterido, yerto, frío, el cadáver.

Miró a Calixto con indiferencia, sin enojo, cómo había recogido devotamente la botella. Su deseo por Cecilia, ahí, junto a la muerte, daba a las cosas extraño contenido. Era entonces como si Chonita no hubiera muerto, o como si Chonita no fuese hija de Cecilia, sino algo ajeno y hasta inmaterial.

—No ha de dilatar Ursulo con el cura...... —dijo Marcela, la mujer de Jerónimo, mirando lastimeramente el cuerpo de su marido en el suelo.

Hacía falta el cura para darles confianza, para alejarles el temor. Con el cura cerca no tendrían tanto miedo.

Porque era un miedo. Miedo tal vez a la muerte, pero no a la muerte de ellos, sino a la muerte general, dueña de la noche. In fluiría probablemente cómo la casa de Ursulo estaba situada, lejos de las demás, aunque las otras tres también encontrábanse muy solitarias en medio de las ruinas de lo que antes había sido un pueblo. Tres, cuatro casas habitadas en mitad del yermo.

La mujer de Jerónimo quería sacudirse el sueño y los pensamientos aprensivos. Dábanle sueño el semi-tono opaco de la habitación, las velas con su color de hollín, el cadáver tan quieto.

¡Si en realidad se desbordara el río! ¡Después de todo lo que había pasado en esa tierra, que primero la huelga, después el fracaso del Sistema y en seguida la sequía, como si se tratara de una tierra maldita!

—¡Despierta, Jerónimo, anda! —dijo con una suerte de cólera, moviendo a su marido con el pie. Abrió éste los ojos sin expresión, mirando con fijeza a su mujer, como a una extraña.

—¡Anda! —repitió ella.

Pero Jerónimo tornó a su posición sumergiéndose en el sueño mortal.

Habíase sentado Calixto, la botella entre las piernas y la mirada estúpida.

—¡Tome algo, **Cecilita**....!

Continuaba usando el diminutivo como un expediente impune de su lubricidad. Una sombría sensación se adueñaba de su cuerpo, corriendo, cálida y temblorosa, al pronunciar la palabra **Cecilita**, y hubiese querido, otra

vez, oprimir entre las suyas la mano de ella,
o percibir el contacto enloquecedor —lleno
de latidos rabiosos—, de aquella masa firme
de mujer.

—No. No quiero nada, Calixto..... —contestó ella muy suavemente.

Ahora empezaba a sentir temor de aquel
hombre. Lo veía terco y brusco, como siempre, más terco desde sus sombras. Que Ursulo llegara.

Todo era un ambiente de pérdida, de derrumbe, y el cadáver frío y creciendo, caminando como estaba ahí, sobre las cajas de
jabón, parecía como un punto de esos que se
van quedando atrás cuando el ferrocarril, rau-
do, corre por el paisaje. Que Ursulo no llegara borracho, sino sobrio.

—Recemos un padrenuestro o algo..... —balbuceó entontecida La Calixta. No hubiese
querido rezar más, pero carecía de fuerzas
para otra cosa.

"Sí, vamos a rezar," respondieron simultáneamente Cecilia y Marcela, sin que nadie
intentara nada.

De fuera, cierta claridad enfermiza llegaba
hasta la habitación, hasta los cirios, hirién-
dolos. Era la aurora que parecía como que
iba a atarceder largamente, como una campana doblando sin sosiego.

Del pequeño cadáver salía ya un ligero olor sacramental, de cera y de paños, un olor de nave infinita buscando sus paredes y el hueco eterno. Cecilia no quiso soportar aquella consunción, ese enflaquecer del aire, el aturdimiento, cómo el corazón estaba diferido e inmóvil, casi precisamente ajeno a cuanto ocurría, otra vez como si Chonita no fuera hija suya, otra vez como si no hubiese muerto nadie.

Abrió la puerta para salir al viento y al aire y encontróse de pronto sola, sacudida, cual si se hallase a mucha distancia, a muchos años, y el salir de la casa equivaliese a un viaje lleno de dimensiones súbitas.

—¡Qué cansancio, Dios mío!

Se habían roto todas las ataduras con el pasado. Su hija de yeso era como la cruz límite que en los pueblos señala las últimas casas. Adelante de ella sólo la tempestad.

—¡Cuán malo......! —dijo, pensando en Ursulo.

Ursulo lleno de obstinación, que casi la odiaba. Pues, ¿qué otra cosa que no odio era ese frío violentarla, ese amor empecinado, duro? Para Ursulo Cecilia era fieramente suya, como si se tratara de algo a vida o muerte. Suya como su propia sangre o como su propia cabeza o como las plantas de sus pies. La quería cual un desposeído perpetuo, sin tierra y sin pan; cual un árbol desnudo y pobre. Amor de árbol, de cacto, de mortal trepadora sedienta.

Caminó unos cuantos pasos lejos de la casa, bajo el aguacero. Percibía con claridad el correr firme del agua. No cantaba, no, como la de los arroyos, que juega, que danza; algo había de ronco, algo de colérico en su irse deslizando arteramente sobre las piedras. ¿Si no tendría razón Jerónimo y el río se saliese de madre, arrasándolo todo?

Con un silencio absoluto, tan notable que Cecilia estuvo a punto de gritar, Calixto ya estaba ahí, tras de ella, oprimiéndole trémulamente un brazo.

—No grite —pronunció con voz irreal, abstracta—. No le voy a hacer nada......

Notábase su ebriedad aunque la contradijese una lucidez extraña, muy llena de lógica, producto tal vez del ánimo horriblemente tenso.

—No grite......! —insistió con blandura.

Cecilia se desembarazó de aquella mano que la oprimía.

—No voy a gritar......

Calixto hizo acopio de fuerzas, hablando con lentitud precisa. No se advertía su cabeza desnuda y en desorden, ni su rostro magro.

Era nada más una sombra vacilante, azotada por la lluvia.

—La quiero, Cecilita...... desde hace mucho tiempo...... no de hoy, ahora que me ve borracho......

Cecilia no ignoraba esto pero como lo sabía era muy imprecisamente, sin seguridad. Culpable de esa pasión era la absurda convivencia en aquel sitio de abandono a que los obligara Ursulo a todos. Culpables, también, la miseria y el sufrimiento.

—No puede ser, Calixto...... —dijo muy débilmente.

Nunca su resistencia había sido tan endeble. Sentir el vapor de aquel hombre tan junto a sí y no poder rechazarlo. Porque ocurría que estaba débil; débil del alma, y un abandono la enervaba, le dolía por el cuerpo aproximándola al pecado.

—¡Váyase, Calixto, por favor......!

El, de pronto, estaba tímido. Aquella mujer inopinadamente sin obstáculos, volvía de revés los primeros impulsos, introduciendo el miedo. Lo que antes era deseo volvíase prevención, temor, pues, ¿qué iba a hacer si ella concedía? ¿Qué, en medio de la tempestad, del río, y con las espaldas guardadas por la fría vigilancia del cadáver temblando, vivo y terrenal de Chonita, como si la muerte hubiese tendido un extraño lazo de amor entre ellos, abriendo al mismo tiempo un camino inesperado y cobarde? "¡Váyase!", escuchaba aún junto a los oídos, y la palabra no era adversa sino próxima, alentadora, llena de insospechadas cercanías.

—¡Ahí vienen......! —dijo al fin Cecilia.

Dos sombras se recortaron sobre la casa, a contraluz. Eran Ursulo y el cura entrando ya hasta donde el pequeño cadáver de Chonita dormía. Mostraban ambos el rostro tremendamente cansado, las mejillas hundidas y cierta febrilidad, cierto azoro. El cura, no obstante, a más del cansancio, tenía un aire sobrecogido y lleno de pena. Contrito, sus ojos eran una súplica, una especie de innombrable limosna, pues sentíase hundido, abandonado, y el recuerdo de Adán lo hería. Dábanle pena, luego, aquellas pobres gentes reunidas por la fe. Pobres gentes que creían en la pobre capacidad de él para salvarlos.

—En el nombre del Padre, del Hijo y del Espíritu Santo...... —musitó tristísimo la jaculatoria de rigor, y con un miedo que avanzaba sin cesar.

—Amén...... —dijo a sus espaldas Cecilia, que entraba con Calixto.

"Así sea," quería decir. Así sea la muerte y la resignación. Así sea el cadáver y el sufrimiento.

Ursulo volvióse para mirar a su mujer con apasionado rencor, porque Calixto iba con ella. Ahora comprendía obscuramente las relaciones turbias que se establecen entre el amor y la muerte, o entre el odio y la muerte. Era preciso que hubiese muerto Chonita para que todo eso ocurriera. Para que Cecilia, como un animal negro, desesperado, se volviera en su contra. No se atrevió, sin embargo, a nada, aunque el fulgor de sus ojos despedía una sangre seca, sin alivio.

El cura se aproximó al cadáver y le tocó los pies con la punta de los dedos mojados en aceite. Habíase sorprendido porque creyó. hasta ese momento, que atendería a un agonizante.

—No se me dijo que había muerto...... —balbuceó.

—Me olvidé —justificóse Ursulo.

Afuera continuaba el viento.

—Jesús, no seas mi juez sino mi salvador......

Pronunciaba el cura estas frases con el alma convencida, él mismo como protagonista, compareciendo ante el tribunal.

—Asísteme en mi última agonía......

La última, pues todo era un sucederse de agonías; y el hombre, tan sólo, un sér agónico, camino de la muerte.

Jerónimo comenzaba a despertar, abrumado sin embargo, ebrio aún. Irguióse un poco, consideró al cura y sus labios se movieron como si hubiese querido decir algo.

—¡Levántate, por favor! —aprovechó Marcela la circunstancia para suplicarle.

El rumor de víbora del río se acentuaba.

—¡No! —contestó Jerónimo, rotundo, afirmando torpemente la cabeza hacia atrás.

Calixto y Cecilia habíanse sentado juntos, no lejos del cadáver. Miraban a Chonita como si no la vieran, sin expresión. Les parecía muy rara.

Una cólera impotente se iba apoderando de Ursulo. Necesitaba tomar venganza. Ahora Cecilia lo abandonaría. Todo el rencor acumulado, el pequeño odio de cada mañana, saldría a la superficie. Aquello anterior, entrañable, dejaba de ser a partir de ese momento. Cecilia era dueña de una fuerza ante la cual Ursulo se daba cuenta de la derrota; había crecido esa fuerza con la muerte de Chonita, como liberándose, y Ursulo no era su dueño ahora.

Jerónimo, desde su rincón, mostraba los ojos ausentes, grandes, de borracho. El cura que él veía ahí era un anuncio de muerte y acabamiento, si no para qué. Su presencia no podía menos que acusar el abandono definitivo, la parte postrera.

—¡El río! —gritó como si se acordara de algo.

Ursulo se le aproximó con los puños cerrados. El río, sí, la catástrofe, pero que no se dijera cuándo él iba a conquistar por primera vez a Cecilia, cuándo iba a morir el último mientras reventaban todos, poderoso, solitario, dueño otra vez del amor. Aire de sus propios pulmones, su sangre, su respiración, su ansia total, lo que fuera, sería capaz de darle a Cecilia para que ambos duraran los minutos últimos.

—¡Cállate! —exclamó rabioso frente a Jerónimo.

Y con forma de agua se oyó cómo la muerte iba caminando del otro lado del muro.

Volvióse Ursulo hacia todos:

—¡Nadie sale de aquí!

La Calixta abrió los ojos bárbaramente:

—¿Nadie?

De un salto brusco e insensato arrojóse sobre la puerta, lanzándose hacia la tempestad. Sin transición alguna desapareció en medio de las sombras.

Calixto, estupefacto, no pudo comprender

aquello; Jerónimo, loco, vago de alcohol, menos. Apenas Ursulo se daba cuenta de la disparatada fuga. ¿Y a dónde iba a ir la fea, la pobre Calixta? Todos morirían, pero en primer lugar La Calixta.

Ursulo miró con fijeza los ojos de Cecilia por ver si encontraba una chispa nueva, de regreso. Si iban a morir. Por ver si ella lograba darse cuenta de todo aquello y de que, juntos en espera de la muerte, podrían haber futuros últimos minutos para amarse fundamentalmente, como pocas veces se puede sobre el mundo. "Perdóname, sé mía," pensó con fuerza, como haciendo de su pensamiento un brazo, una voluntad para mover a la hembra lejana, insensible y desconocida.

Pero los ojos de Cecilia eran duramente extranjeros y sin dueño.

IV.

Marcela, la mujer de Jerónimo, ayudó a envolver el cadáver de Chonita en un sarape gris. El agua había penetrado considerablemente en la habitación y afuera continuaba avanzando el torvo ruido del río.

Era incomprensible todo en ese momento final en que se preparaban para la huída, para una emigración extraña, sin sentido. Se cree a veces que huír de la muerte es mudar de sitio, alejarse de la casa o no frecuentar el recuerdo; no puede comprenderse que la muerte es la sombra del cuerpo, el país, la patria, la sombra, adelante o atrás o debajo de los pasos.

Aquellos seres entendían sin embargo que de pronto los destinos de todos estaban unidos y eran la misma cosa solidaria y obscura. Comunidad súbita de ambiciones, de sufrimientos, de esperanzas. Iban a morir juntos, uno al lado del otro, y esta circunstancia les hacía amar como por instinto la relación última que ya los unificaba encerrando dentro de un círculo los ojos, las manos, las piernas, el recuerdo.

Envolvieron el cadáver en el sarape y después Calixto lo ató con una soga fina. Era preciso salvarlo de la muerte, como tal vez a todo lo demás, de ser posible, que quedaba ahí en el cuarto: los recuerdos, los objetos.

Calixto formaba un bulto con inútiles cosas, a través de sus sensaciones de ebrio, gruesas, abultadas, y una impresión de desdoblamiento.

A los pies de la cama, con el agua hasta la cintura, como un cadáver sentado, Jerónimo respiraba con torpeza, mortalmente descolorido.

—¡Levántate! —gritó Ursulo con rabia moviéndolo con el pie.

El cadáver alcohólico resolló inmóvil, más pálido aún.

Ursulo y Calixto cruzaron significativas miradas.

—¡Tendrás que cargarlo! —ordenó Ursulo.

Y luego, a guisa de explicación:

—Yo llevo a Chonita......

Preparábanse para el éxodo, para la palabra bíblica que expresa búsqueda de nuevas tie-

rras. Palabra con esperanza, aunque remota, en los bárbaros y alentadores libros del
Viejo Testamento, pero fría, muerta, aquí,
en este naufragio sin remedio de hoy.

Ursulo llevaría a Chonita y cada quien alguna otra cosa. Calixto cesó entonces de hacer su bulto inútil.

Pero, ¿a dónde iban? Comenzaban a entrar ya en la etapa postrera. Sus vidas tenían
ahora una sola dimensión terminal. De ahí
en adelante, los minutos iban a ser tan sólo
una preparación. Su viejo pasado, rico o
pobre, recomenzaría en el recuerdo: la niñez,
la juventud, el amor, el sufrimiento, los anhe-
los, todo lo que había sido la vida, prepara-
ríase desde hoy para la muerte.

Marcela se dirigió al cura:

—¿Cómo salvarnos......?

Los ojos del cura se tornaron más opacos.
Repuso con un vulgar consuelo teológico: la
salvación había que esperarla extrañamente de
algo que en nosotros mismos llevamos y que
es la misericordia. Palabras sarcásticas. Las
mismas del Angel Rebelde expulsado: el consuelo de uno mismo, del corazón soberbio. ¿Y
qué otra preparación para la muerte más anti-
infernal, cuanto el Infierno mismo era el sentido del hombre e inhumano lo celeste, descorazonador, plácido, lleno de bajos egoísmos?
"Ella me hablaba —pensó el cura— de có-

mo salvarnos, y yo no he podido contestar nada."

Roncaba, insistía, con barro, con raíces, el agua, allá afuera. Morir de agua. Agua enemiga.

Cecilia se dirigió a su baúl color café. Era justo abrir el vientre nostálgico del baúl para mirar un poco del pasado. Había perdido el porvenir y sin vida adelante sólo las materias pretéritas eran capaces de reunir sangre en transcurso, acontecimientos. Enumeró dentró del baúl: el corpiño blanco, corriente; el viejo abanico de marfil; el joyero de paja; el haz de cabellos de su madre.

Para llegar hasta el baúl Cecilia caminó desde la cama hasta el rincón obscuro, con el agua hasta las rodillas. Topografía extraña la de la habitación, ahora. De súbito todo aquello era desconocido y algo tan familiar antes, como el agujero que había junto a la cama o el ladrillo roto, parecían bajo el agua, al contacto comunicativo, visual, del pie, como de una casa ajena, no la suya, no la de Cecilia, casa seca, firme, sino de sueño, habitación sumergida y sombríamente acuática.

Comenzaba el recuerdo: con sus manos graves hizo una caricia rencorosa al joyero de paja. Frágil consistencia al tacto, con aquellos adornos que tenía.

Habían sido éstas las palabras de Ursulo:

—Me perteneces por entero. Física, moral,
espiritualmente. Integra y cuando seas cenizas. Tus huesos son míos, tu cabeza, tus
dientes, tus pies, tus pensamientos. Me perteneces. Me pertenecerás siempre.

Ursulo obscuro, que subyugaba por su afán
de poseer íntegramente. De poseer íntegramente todo: un zapato o una idea o una
mujer. Peligroso, atormentado, paupérrimo.
Cecilia sentía una lástima infinita frente a
un corazón tan triste y tan furioso, tan lleno
de peligros y de ternuras.

—Me perteneces por entero, moral, espiritualmente......

Había dicho esta frase bárbara la mañana
misma en que se poseyeron por primera vez.
Mostraba Ursulo los ojos inyectados criminales, casi, contrastando con el cielo puro. El
campo tenía una música monocorde y lenta;
el aire cargado de luz podía tocarse como
una pared.

Ella sintió un gran miedo al comprender
que un amor tan sin límites humanos, tan
descomunal, sólo podía tenerlo un hombre solitario y sin consuelo, un paria del corazón,
un hombre desnudo. Sintió entonces que al
entregarse a Ursulo había sellado un pacto infinito.

Ocurre a veces que en un instante misterioso, en un relámpago inaprehensible, el es-

píritu expresa su palabra profunda, el espíritu, el instinto o la sub-razón, obscura y desconocida. Entonces la verdad sin voz, sin actitudes, sin gestos, nos es revelada amargamente: sábese el desamor o la soledad, o el desdén y el asco irrevocables.

Ursulo había descubierto ese mensaje, mas su corazón se revolvía furioso, ciego ante el enemigo invisible. Sintió deseos de golpear a Cecilia porque dañándola, hiriéndola, la sentiría suya. Pero lo fantástico, que nada pasaba en la superficie; que ahí encontrábanse aquella vez los dos, sobre la grama, y ella bajo su brazo fuerte, suya.

—¡Cecilia, Cecilia! —gritó como un loco.

Comprendiendo el sino de aquella alma sombría, Cecilia, con piedad, con inamorosa ternura, dijo algunas palabras de consuelo.

Fuéronse después al pueblo, al otro lado del río.

Por los canales se derramaba el agua, viniendo desde la presa con su estilo juvenil, de adolescente musical. Visitaron el mercado oloroso a mezclilla, a percales con ruido; la placita, frente a la iglesia, cargada de color. En todo un poco de gracia: gracia trascendente y profunda con el aliento cobrizo de los habitantes, campesinos, artesanos, mestizos todos con un don interior, un lento abandono. La placita de golondrinas, con sus geranios color de rosa, tan iguales a las propias muchachas de rebozo verde y vestido sonoro.

Bajo un rectángulo de manta que sombreaba el lugar, vendían las cajitas doradas, los joyeros.

—¿Quieres uno? —preguntó Ursulo.

Tomó el joyero entre sus manos.

—Está bonito —dijo con un extraño gesto. En seguida pagó el importe.

Era éste Ursulo, triste, vengativo. Volvió a mirar con ojos malos a Cecilia, terco, de piedra.

—Sí, muy bonito......

E inopinadamente, sin que Cecilia pudiera remediarlo, rompió la bella caja entre sus puños.

Se trataba del instinto desolado de quien nunca ha poseído. Del sediento que, después de beber en el transparente manantial, arroja lodo y porquería sobre sus aguas.

Compraron sin embargo otro joyero, el mismo que ahora, con rencor, con pena, acariciaba Cecilia.

Habíase aproximado Calixto, chapoteando en el agua turbia de la habitación, y observaba por encima del hombro de Cecilia los objetos: el joyero dorado, el corpiño, el abanico. Puso algo de tierno en su mirada al percibir el olor nostálgico que se desprendía, superior a este otro, vago, inmaterial, de Chonita. Semanas y meses y años olfativos, como una memoria sorprendente.

—¡Dámelo!—dijo acariciando el abanico.

Ahora, quién sabe por qué, se sentía fuerte para tutearla. Anticipaba de esta manera la posesión, daba calor al lazo. Una nueva cosa surgía ante la posibilidad del desastre, ante el agua ascendiendo, ante el río sordo, ante la tormenta. Si iban a perderse, si iban a desaparecer.

—¡No puedo! —respondió Cecilia.

Ursulo miraba sombríamente la escena. Tenía a su hija muerta entre los brazos, dándole calor. No era dueño ya de nada en la vida sino de aquel cuerpo. Y ese cuerpo era la nada enigmática y desconsoladora.

—Como recuerdo...... —insistía Calixto.

Comprendía Ursulo que si ya no se cuidaban de él, era porque el fin estaba próximo y él estaba desarmado frente al fin. Porque si todos desaparecían, todos perecerían, él desaparecería más aún, él perecería más. Aquellas relaciones apenas insinuadas, apenas en vago comienzo, entre su mujer y Calixto, aumentarían poco a poco, gradualmente y ante su propia vista, pues Ursulo estaba muerto,

Ursulo hallábase caído en el abismo, sin una existencia real desde que el río empezó a desbordarse, desde que el agua les empezó a llegar a las rodillas. Quiso suplicar, pedir que no le hicieran daño, pues sentíase pobre, pero no pudo atreverse a nada.

—Cecilia —musitó tan sólo— toma a la niña —y tendía el cadáver.

Cecilia volvió la cara y miró con asombro el rostro envejecido de Ursulo. En tan poco tiempo era ya Ursulo un sér agónico. Extendió los brazos para recibir el cadáver y con él junto al pecho experimentó algo extraño. El cuerpo de Chonita le devolvía al mismo Ursulo, reintegrándola.

—¡Ursulo, Dios mío! —prorrumpió por primera vez en llanto.

"Nuevamente es ella."

Lloraba, quién sabe por qué, y Ursulo advertía a través del camino de las lágrimas, el propio camino de su amor y su retorno. Cuando ella lloraba y no era fría, hostil; cuando si, tocándola, haciéndola volver hacia su cuerpo mejor, a sus verdades, ella respondía y eran llanto y reconciliación y sacrificio sus ojos, sentíase que, a su vez, era nuevo todo y ella la amada pródiga que estaba ahí.

El cura luchaba por levantar a Jerónimo.

—¡Levántate!

Levántate, anda, camina, vé, muere.

Hay que salvarse para la muerte. Para que la muerte no llegue sin sentido, sino justamente, exactamente, limpiamente.

—¡Jerónimo!

Ursulo se aproximó para ayudarle y entre ambos lo sentaron en la cama, los dos pies colgando sobre el agua.

Calixto no cesaba de mirar los objetos del baúl. Ahí estaban fijos y tristes, últimos.

—Como recuerdo, Cecilia, nada más como recuerdo......

Sentía sobre sus dedos, al insistir palpando el abanico, todo el mundo supersticioso de los objetos: un papel, una cosa cualquiera, pero que estuviese impregnada del gesto donativo, de la dulce, soñadora, amorosa acción de dar.

Los ojos inexpresivos de Cecilia, volviéronse, aún empañados por el llanto:

—Son recuerdos míos......

Nadie le podía arrebatar aquellas cosas. Ni siquiera esta muerte de este día, que iba a acabar con todo.

Como sonámbula preparábase para dejar la tierra. La vida, al transcurrir, abandona objetos en el camino: un libro, un haz de cabe-

llos. Tocando hoy los cabellos de su madre,
Cecilia estremecíase extrañamente, como si
tocara algo muy fino, sensible, dentro de sí
misma, algo como el paladar más interno o la
víscera. Recordaba que estuvo a punto de
morir, cuando aún se encontraba en el vientre
de su madre, y, al imaginarlo, sentía como
una impresión cóncava, un raro vagar. Pudo
morir: su madre y su padre huían por el
monte. Morir como dentro de una nave cálida. Embarazada, pesada, bestial, su madre
no soportó: recostóse entonces bajo los árboles, bajo la naturaleza. Era la naturaleza
frente al hombre solo. Era eso que nadie
puede entender sino cuando su alma vibra solitaria junto a las montañas o los grandes
prados o los desfiladeros infinitos, y se ve la
empresa del hombre: el ascenso de una cum-
bre, el esquivar de un precipicio. La empresa
de la victoria contra un enemigo inconsciente.
Pero no fueron los árboles ni los barrancos, sino los hombres mismos, los perseguidores, que
encontraron a la pareja y dieron caza al pró-
fugo, al padre de Cecilia. Podrían haber muerto a su madre también, pero aquellas membranas, aquella cosa que no respiraba aún sino alimentándose de tejidos, aquel corazón,
ese misterio, el cuerpo, Cecilia, santa Cecilia,
los consternó infundiéndoles ese respeto mezclado de repugnancia que un gran vientre encinta provoca siempre.

Había una memoria, en Cecilia, una memoria táctil, del suceso: recuerdo casi vegetal de emociones reflejas, el miedo, por ejemplo, o el dolor. Memoria como luces con sangre, cual si se golpeara los ojos cerrados. Misterio prodigioso de la placenta y del noble, denominador, cordón umbilical.

—Dame a la niña...... —oyó a sus espaldas la voz de Ursulo.

Tendió el cadáver, el objeto simbólico, y otra vez volvióse a sentir terriblemente separada de Ursulo. Otra vez lo dejó solo, sin amparo; otra vez tornó a romper aquello que los unía.

Era un bultito de ropa, un molote textil, de sarape, de tejidos, con un pequeño rostro amarillo, la muertecita abrigada, manuable, tan grande todavía. Tan grande con su muerte viva, con su muerte aún sin morir. Y una mariposa de colores ya, la servilleta en que Marcela envolvía algunos cuantos comestibles: tortillas duras, sal, frijoles secos. Y cómo voló, de la mano al hombro, generosa, popular. Enseguida, amarrada tras el omoplato espeso, permitió a Marcela llegarse hasta su hombre.

Hubiese dado toda su existencia porque sólo despertara. Que sus ojos desprendieran nada más una chispa de luz. Frotó con fiereza y ternura enormes las sienes del borracho.

"Que sólo me vea un segundo, aunque después se muera." Pero lo iba a perder.

Carente ya de sentido, Ursulo caminaba a uno y otro lado, con la niña, a grandes pasos de agua. Producía un rumor profundo, lleno de movimiento. Detúvose frente a Marcela:

—Que lo cargue Calixto. Ya no va a despertar —murmuró mirando al ebrio.

Y sin percibirlo había dictado una sentencia: "Ya no va a despertar." Marcela inclinó la cabeza. Era posible. Quizá no despertara nunca, ni siquiera para morir. Tomó las muñecas de Jerónimo y lo sacudió con fuerza. Que despertara. Una vez tan sólo.

Afuera el agua se había vuelto frenética, cuerpo inmenso de serpiente desparramada.

El sacerdote plantóse en mitad del cuarto. Había estado rezando en voz queda, sin cesar, pero a medida que el rumor de la tempestad era más grande, su tono se elevaba, empeñado en vencer, en conjurar.

"Glorifica mi alma al Señor......"

Era necesario glorificarlo; exaltar su obra entera, contradictoriamente, pues Dios era aquello que ocurría en los corazones, con todo lo que encerraba: lágrimas y vida; muerte y creación.

"Extendió el brazo de su poder y disipó el orgullo de los soberbios trastornando sus designios......"

La insensata soberbia temeraria. El afán de inmortalidad; la locura de vivir más allá de la vida: todo lo que no era someterse, crecer, animar dentro del proceso de la humilde vida, siempre dispuesta a negarse y desaparecer, que Dios había hecho para El mismo, quizá, mejorar con el sacrificio y entrega total de sus hijos, había sido abatido por "el brazo de su poder." Ahora abatía el orgullo de estos seres, ahora llamaba a la puerta.

Estremecióse el cura ante lo que ocurría consigo mismo: ¿no estaba él también luchando por salvarse, por no perder la vida, esa que apenas se le había prestado? ¿No en su corazón latía también la soberbia de perdurar, cuando, como el jefe de un navío, debía ser el último y no sólo, sino el que se hundiera mientras los demás náufragos ganaban la orilla?

"Exaltó a Israel su siervo...... así como lo había prometido a nuestros padres, a Abraham y toda su descendencia......"

—¡Cállese usted, padre! —pidió Ursulo y el cura enmudeció inmediatamente.

En realidad era inútil todo.

Cecilia recordaba que una virgen loca, aho-

ra, ahí dentro de su baúl, entre los queridos
objetos, quemaba el óleo orgulloso de su lámpara. Y Cecilia no quería abandonar este recuerdo, este corpiño blanco, manchado con
el aceite rojo de una virginidad pródiga. Guar-
daba el corpiño de su primer amor como un
testimonio sacro. Su primer amor, antes de
Ursulo; amor de mañana clara, intenso y
breve. Debíase el resentimiento de Ursulo,
justamente, a este primer amor. En el fondo
Ursulo jamás le perdonaba que no hubiese sido
suya desde el principio, y de ahí la permanente
impresión de que Cecilia no le pertenecía, de
que estaba con él como en préstamo.

Ella continuaba queriendo a Natividad con
todas sus fuerzas. Y cómo no, si había tanta
sangre que los ataba, generosa: la sangre primigenia, no escatimada, de la entrega, la del
corpiño blanco, y esa otra de él, al fin mez-
cladas como en una ceremonia matrimonial de-
cisiva. Sangre. Lo que se hace con sangre,
profundo líquido que canta. De todo, en efecto, de la primera vez que trataron, de la ruda,
varonil franqueza con que Natividad le habló
siempre, de los cinco o seis breves días que
vivieron juntos, recordaba violentamente, sin
que pudiera remediarlo, tan sólo la noche
aquella en que Natividad dormido, acribillá-
ranlo a tiros Adán y su gente. Ella había
salido al corral cuando oyó las voces y los disparos. No quiso creer nada de tanto como se

daba cuenta lo que había ocurrido: Natividad muerto completamente, los ojos semiabiertos, sin una palabra ya en sus labios y la sangre espesa. Entonces Cecilia corrió, como loca, en busca de quién sabe quién. No tuvo ni una sola lágrima y más tarde el Sindicato llevóse a Natividad hacia el cementerio, al otro lado del río. Se colocaron banderas sobre su cuerpo, negras o rojas, de eso no tenía memoria. Un año más tarde Ursulo se unía con ella.

Dejó Calixto el abanico que pidiera en recuerdo, dirigiéndose hacia Jerónimo para cargarlo. Era preciso huír. Abandonar la tierra maldita y el río, buscar una colina, un promontorio, la salvación. Quizá mañana cesara la tempestad y el sol, después, calentando, inventara alguna esperanza. Era curioso e infantil, pensaba Calixto, el haberle pedido un recuerdo a Cecilia, en esos momentos, cuando todo aquello, ojos, labios, besos, sangre, cuerpo, miradas, pensamiento, historia, iba a desaparecer para siempre. Y ante un hecho así —único, definitivo— ¿qué valía lo anterior, por más importante y más profundo que fuese? "Ahora —se dijo— me echaré a cuestas a este borracho de Jerónimo." Es decir, ya no a un hombre sino a un símbolo, pues de todas maneras moriría y hasta, probablemente, sin despertar. "¿Para qué llevarlo?" Tropezó entonces con los ojos angustiados de Marcela, cuyas pupilas brillaron adivinando el pensamiento egoísta que se movía tras de la frente estrecha, sin generosidad, de Calixto.

—¡Ayúdame! —clamó ella débilmente.

Pedía con timidez, pues aún estaba impresionada por la frialdad, la indiferencia salvaje de Calixto que dejó a su mujer perderse, sin hacer el menor intento. ¿Qué le importaba ya a Calixto nada en verdad, cuando todo lo obscuro latía hoy más fuerte que nunca dentro de su corazón sombrío? Sobrecogíase Marcela de espanto y de una misericordia extraña. De todos, ella era quien esperaba con mejor disposición la muerte. Comprendía que era preciso arreglar de la mejor manera posible este último día o semana que le restaban de vida, desarraigando de su corazón todo aquello que pudiese atarla al mundo. Ninguna pregunta llamaba su espíritu, pues nunca habíase interrogado, cumpliendo, mejor, calladamente, los dictados de su existencia cálida y útil. Hoy terminaba todo: sobrevenía el desenlace simple, ¿y si todos debían morir por qué no también ella, resignadamente y con dulzura?

—Nada más ayúdame, yo lo llevo...... —insistió frente a Calixto.

Calixto sonrió un poco irónicamente, apartándola.

Emprendían ya el éxodo. Habíanse atado por la cintura a una soga, para no perderse. Ursulo al frente, con su querido cadáver en los brazos, arropado.

Algo quiso decir el cura, porque volviendo el rostro por última vez, abrió los labios y con la voz trémula, transido por el llanto, intentó alguna palabra, pero un gesto colérico de Ursulo lo contuvo. Temblaba el cura y sus pequeños ojos eran de infinito desconsuelo.

Comenzaba el naufragio, el cielo de soledad. Caminaría sin derrotero en medio de esa noche parda que era la mañana sin sol, buscando, anhelando. Quizá encontraran una piedra, algún refugio, o sorprendiéralos la muerte, sin transición alguna, con el agua o el rayo. Pero caminarían.

Sin destino, sin objeto, sin esperanza. Por no dejar.

V.

SOBREVIENE entonces un ave celeste, o un barco, y toman, dentro, los tejidos y la catedral del cerebro, con sus cúpulas, formas de cansacio, de entrega, y otra vez por dentro un aire fuerte que silba, y una súplica, pasando sin cesar, quietos y sin cesar, con agua con bahías y luces azules. Se amó alguna vez y acaso, otra, tuviéronse hijos que salían doliendo; también hubo lágrimas y trabajo y sexo. Del cuerpo brotaban cosas, silencios magníficos en ocasiones, o voz, o semen o excremento. Proximidades, saludos, un ir y venir cuando la mañana, amanecida apenas, o cuando el mediodía fidedigno, para que hoy todo nada más como un monzón dentro del cráneo, derribando una y otra las esperanzas finales. Primero la de llegar, la de una habitación con una madre y una frente; luego la de un sollozo, y la del olvido. No sufrir y que se perdone todo, que nadie clame y apáguense los ojos con ira; que por cien veces, por un siglo, la persecución muera. Que nadie sino la propia, completa soledad.

Pero el cansancio golpea de pronto; el cansancio y el pensamiento: caminar, vencer por encima de todo; que dure aún, que palpite aún, que aún sea corazón el corazón. Esto, finalmente, es lo que resta del hombre, lo que le queda finalmente: rabia pura, dientes, cólera de salvación.

—¡Ursulo!—gritó Calixto deteniéndose de golpe— ¡Ya no llevo a éste! —y al decirlo dejó caer pesadamente el cuerpo de Jerónimo.

Habrían caminado mucho, tanto como la tribu primera. Rompíanse los pechos de la respiración tumultuosa y en las sienes pasos repetidos. Las mujeres, a cada momento más bestiales, eran sólo ya como masas de resignación, fieles, tremendamente fieles, respirando.

Se detuvo Ursulo también, ciego de odio. Comprendía brutalmente todo. Comprendía que si Calixto abandonaba el cuerpo de Jerónimo era nada más porque terminaba ahí aquello por lo cual tuvieron tanto cariño, y que era la vida. A su madre, a sus hijos, abandonaría Calixto también, porque la lucha aquí no era sino por uno mismo. Entendíalo Ursulo tan bien que llegaba a preguntarse: "¿Por qué, de veras, no morirá Jerónimo de una vez, y también Marcela......?

Volvió el rostro descompuesto por la ira:

—¿No quieres llevarlo......?

Jerónimo tenía la cabeza dentro del agua, inclinado de manera torpe y a riesgo de ahogarse en pocos segundos más.

Ursulo hubiese querido matar ahí mismo a Calixto, pero imposible. Chonita, y ahora, además, Cecilia, lo impedían como cadenas. Era de cadena, de hierro, este cuerpo de Chonita. Y la mujer como un ancla espesa, entre las sombras, caída hasta el fondo, inmaterial ya. De matar a Calixto, Ursulo perdería todo, y a Cecilia, en primer lugar, para siempre.

—Eres un hijo de la chingada —se limitó entonces a decir, con los dientes apretados.

Entregó a Marcela el cadáver de Chonita y sacudiendo el cuerpo de Jerónimo echóselo a las espaldas para continuar la marcha.

Marcela vió cómo cargaban a su marido, y ahí iba ella detrás, tropezando, conmovida extrañamente. Respiraba aún Jerónimo y este hecho magnífico repetíasele a Marcela en las entrañas, como un mensaje tibio y una promesa. No era un cadáver todavía Jerónimo, aunque ya lo era, ajeno a todo, y entonces Marcela experimentaba como un rompimiento profundo y un deseo sin medida, una añoranza. ¿Como antes, la voz, las palabras de Jerónimo? ¿Como, siquiera, su rostro, hoy congestionado? Era el sueño que ya rompía toda relación anterior; era el nacimiento de la muerte, del manantial que brota, nuevo y eterno, sin que antes haya existido otra cosa, y aquí, en la muerte sin pasado, creárase todo, para todo, también, terminar. E imposible el recuerdo para que Marcela se representase otra vez a ese hombre querido y suyo, pues una ola, la pena, la desgracia, elevaba su obstáculo. No lo vería con el rostro antiguo, él nuevamente, los ojos vivientes; ahí nada más sus piernas colgando y los zapatos pobres, sin habitante, que golpeaban el torso firme de Ursulo. Que despertara de su sueño, del abandono, y que los labios dijeran una palabra, no que ya estaba muerto, muerto.

Era aquella una borrachera de muerte, de la que no saldría nunca. Y en realidad, ¿quién puede mostrar la fina frontera, el límite invisible? Muere tanto el hombre, con su cerebro opaco y lejano. Muere de morir sobre su cuerpo por donde caminan los enigmas, y fácil y difícil acabar con la vida, fuerte, endeble, demoníaca, celeste, próxima, vieja, extraña.

Le entraba a Marcela por los poros, luego al sur del cuerpo, trepando, aquel vacío y la tristeza, por los dedos de los pies, en los fríos muslos bañados por el agua. Era un sentimiento desconsolado e infinito donde tan sólo no había nada, ni el peso ya, y todo como una mano inerte. Jerónimo sin peso sobre ella, sin que ella resintiera en el tórax la caricia de su gravedad, o en la mejilla lo opaco de su aliento. Muerto Jerónimo antes de la muerte, corriéndole por las venas el alcohol, y viuda caminando Marcela, atrás, viuda en lágrimas, en cielo, con los ojos grandes, inmensos como bóvedas llenas de sal y de agua interna.

—¡Dámelo! —suplicó a Ursulo—. Tú lleva a Chonita......

Ursulo volvióse hacia ella, sorprendido y atento. "En realidad —pensó— ella debe cargarlo, así como yo debo cargar con Chonita." Todos iban a morir, además, y de no tener un ardiente e insensato deseo de salvación, quedaríanse ahí sentados, sin hacer nada, esperando. Mas, ¿por qué luluchar? ¿Querían vivir verdaderamente, o tan sólo aquello era un empecinamiento espantoso y sin objeto? Que cargara Marcela al cadáver con vida, al absoluto Jerónimo. Un aire —peor y espeso que este de la tormenta— empujaba por dentro del cráneo, en desolación furiosa por las llanuras del alma. Que llevara a su cadáver, a su hombre absolutamente borracho, muerto el pobre, sobre las espaldas, hasta el fin del mundo, que ya en el corazón ni un árbol ni una planta.

Cecilia tuvo entre sus brazos el cuerpo de Chonita mientras Ursulo se descargaba del ebrio echándolo a las espaldas de Marcela. Hacía una figura grotesca Marcela con su marido. Renqueaba caminando pesadamente y con las piernas abiertas, parecida

a un animal extraño, prehistórico, que tuviese
algo de mujer, de mujer sangrienta y fea, con
su joroba, con su pirámide, como a esos dro-
medarios a los que les nacen yerbas y plantas
en la insensible piel.

Justo, preciso, indispensable caminar, ahora que no tenían sitio. Caminar intensamente, sólo que sin meta, huyendo. Quizá fuese cosa del destino y no del de ellos nada más
eso de huír siempre. Pero huír permaneciendo, o, mejor, con un anhelo tan violento de
permanecer que la huída no era otra cosa
que una búsqueda y el deseo de encontrar un
sitio de tierra, vital, donde pudieran levantarse. Por eso todos ellos sentíanse hoy in-
conscientemente unidos, solidarios trascenden-
tes de algo que no se les alcanzaba, juntos
hasta la desesperación, a pesar de que no tenían ojos y apenas un espíritu. Ignoraban
todo, y de todo, más sus propios interiores:
si tenían porvenir, si algo los esperaba más
tarde. No sabían a lo sumo, y esto vagamen-
te, sino de sus propias existencias, dudando
siempre si había otros hombres y otros países
en el mundo, u otras regiones en el país mismo. ¿A dónde iban? ¿A qué lugar, cuando
probablemente la tierra estuviese inundada
completamente, desde los lejanos nombres
extranjeros de ciudades, hasta estos de aquí
que eran santos católicos seguidos por el nombre polvoriento y triste de alguna deidad in-

dígena? Pero con todo, caminar, buscarse porque aún cuando fueran derrotados, algo les decía, muy dentro, sin que oyeran nada, que la salvación existía, si no para ellos para eso sordo, triste y tan lleno de esperanza que representaban.

Caminaba Ursulo con su desesperada voluntad, sobrehumano, tratando de salvarse, con el demonio de la salvación dentro, que repetía sus voces. No salvarse de la muerte; salvar su sentido, su desolación propios.

En efecto, iban a desaparecer para siempre: asimismo la región entera y el país y el mundo. Pero aquellos pasos, aquel buscar, perdurarían por los siglos, cuando el viento; cuando alguien se detuviera para escuchar la voz del polvo.

Descúbrese en ocasiones que la muerte es muy posterior a la muerte verdadera, como la propia vida, a su vez, muy anterior a la conciencia de la vida. Ocasiones luminosas que apenas si se dan. Queda entonces del sér humano algo muy parecido a la piedra, a una piedra que respirase con cierto principio de idea, de adivinación ancestrales. Momentos donde se da el prodigio de la especie y en un hombre solo, abatido por la revelación, muéstrase la memoria del hombre entero. Se descubre que en el principio fué lo inanimado, la turba en reposo y fría ya, y una memoria que duele en el entendimiento, recuerda al hombre su condición de sílice o de mármol.

Yo era sílice entonces y apenas, en mí, algo remotísimo, esencia de sombra, me situaba en el reino: algo menor que el menor signo de un soplo de presentimiento incapaz de ser medido, inaprehensible. Inmóviles, muertos, mis átomos preparábanse para ser el dibujo de una vértebra; para advenir a la maravilla prodigiosa de la respiración, bajo el mar, de donde naceríamos. Era preciso el milagro y mi destino convertiríame en pez, en reptil, en ave, hasta llegar aquí, sollozando, sollozando eternamente.

Ursulo descubrió de pronto que su reino no era de este mundo. Que pertenecía al mundo de lo inanimado, antes, siquiera, de lo vegetal, y que, como la piedra maternal primera, ignorándolo también, era tan sólo una extrahumana voluntad hacia el sér, la más vehemente, la más ardiente voluntad de la historia, la voluntad, la vocación de la piedra: sin armas, como ella, sin pensamiento, inmóvil, último, pero esperando durante una centuria, como parte del tiempo, ya convertido ya en tiempo espeso.

Su madre murió al darlo a luz y una antigua leyenda del país contaba de la diosa indígena que pariera desde el cielo un cuchillo de obsidiana. Al estrellarse, de las astillas negras y relucientes del cuchillo había nacido la primera pareja humana, y de la primera la segunda, y de la segunda, la tercera, hasta hoy. Abraham engendró a Isaac, Isaac engendró a Jacob, Jacob engendró a Judas y sus hermanos. Ursulo era hijo del cuchillo de obsidiana, y su madre la diosa misma, una joven diosa.

Extraño que nada más se llamase Antonia, sin otro nombre. 'Antonia a secas, como un animal que pareciera no tener orígen. Antonia porque era indígena, algo así, evidentemente, como un animal, pues ni español sabía.

Dábanle de comer las gentes, semicompadecidas porque Antonia era una suerte de trabajadora trashumante, abandonada, lejos de su patria.

Era una diosa con su carne morena y profunda.

Sus padres, como ella silenciosos, vivieron en los tiempos del caudillo Tatebiate, muerto más tarde por el Gobierno.

—Nos manda soldados el señor don Porfirio —díjoles una vez Tatebiate a todos los hombres de su comunidad—. Tenemos que luchar porque quiere quitarnos el río, el maíz y los niños...... ¿Es de justicia?

El padre de Antonia conversó con su mujer:

—¿Por qué nos tendrá mala voluntad el señor don Porfirio? —preguntó inquieto, sorprendido profundamente de que las cosas ocurrieran así—. Quiere quitarme a los niños. Te lo aviso porque me voy a la guerra......

La madre de Antonia miró tranquilamente cómo se alejaba su marido.

—Matas al señor don Porfirio —indicóle, y regresó al jacal para impedir que su hijo, de un año, siguiera comiendo tierra.

—¿A dónde va mi padre? —interrogó Antonia.

La mujer puso un rostro severo, convencido en absoluto, mirando con ojos profundos a su hija, y sin respuesta.

Antonia tenía diez años cuando los hombres de Tatebiate fueron derrotados y más de la mitad muertos. No importaba, si habían de resucitar. Pero vinieron "pelones" para llevarse muy lejos a las familias, que por orden del Supremo Gobierno.

Condujéronlas hasta la estación del ferrocarril.

—Se van a Quintana Roo —decían los hombres del Gobierno—, para que trabajen....

Era abandonar la tierra, dejar todo.

La madre de Antonia tuvo un gesto sombrío El tren, pausado, aproximábase como una bestia de fuego.

—No vamos, es mejor morir —dijo la madre de Antonia, y tomando de los pies a su hijo de un año lo estrelló contra la vía del ferrocarril.

—¡Eres una víbora, india jija de la chingada! —exclamó un soldado a tiempo que la atravesaba con la bayoneta.

Antonia quedó sola y después anduvo por el monte, con una veintena de indios perseguidos, tristísimos porque habían perdido la guerra. Quizá no estuviese hecha para ellos la victoria, pues tantos siglos de no tener nada y estar pobres. Empezaron a enfermarse y a morir.

Hambrienta, fatigada, después de muchas leguas de camino, Antonia llegó a la Hacienda para que le dieran de comer. Era entonces "La Abeja," una gran hacienda, con miles de cabezas de ganado, y don Vicente todo un señor español, como sus antiguos abuelos conquistadores. Antonia miraba con sus ojos fijos, rencorosos, sin pronunciar palabra, a toda la gente de la hacienda: al mayordomo, a los peones, a don Vicente. No podía borrársele la imagen de su madre estrellando al niño sobre la vía.

La existencia de Antonia estaba rodeada por la muerte, hecha por la muerte. ¿Era preciso vivir, o acabarse, mejor, en definitiva, sin huella alguna, para siempre? No encontró idioma alguno para pedir pan a los blancos.

—¿No sabes hablar? —preguntábanle.

Entonces, mirándose entre sí:

—No, no sabe. Es pura indita.

Era una diosa que iba a parir su cuchillo de obsidiana, negro y brillante. Llegaba ahí, callada, cumpliendo su destino. ¿No debía ir hacia ellos para que todo se cumpliera? Estaba hecha por la muerte: la muerte de los suyos, la muerte de su tiempo, y algo fatal y resignado la hacía esperar.

Diéronle de comer y permaneció en la hacienda, sin ocupación precisa, trabajando aquí y allá, sin hablar, pues nunca aprendió el español.

—Lo único que sabe decir es tortilla —afirmaba la gente.

Era una diosa arisca y solitaria.

Don Vicente la tomó por la cabeza, con dulzura, y luego por los hombros. Lo dijeran ya los antepasados de ella "que esta tierra había de ser poseída por los hijos del Sol." Resignadamente recibió Antonia la semilla con la cual morían sus dioses.

Cuando el día de Santa Ursula murió Antonia al brotar de su vientre la obsidiana, don

Vicente hízose cargo del entierro y al niño lo llevó a la Casa Grande, para educarlo.

Catorce años más tarde Ursulo veía a don Vicente pendiendo de un árbol, descompuesto, mientras la noche se iba dejando caer sobre La Abeja. Aquel era su padre, pero una emoción dura dominóle el pecho: "Está muy bien," dijo, sintiendo su corazón como un cuchillo inamoroso, él, hijo del cuchillo primero.

Un día antes los revolucionarios habían pasado por la hacienda.

Comprendía hoy, frente a su propia muerte, que en verdad no era este su reino. Que estaba muy lejos del mundo de los hombres: apartado, extraterrenal, hijo de diosa. Su reino mostrábase vacío, vencido. Ruinas a uno y otro lado, y una sed: la piedra que aspira a vértebra imponderable, pez, reptil, pájaro, árbol. La madre piedra, inmensa, sepultada, Génesis obscuro.

Escuchó a sus espaldas un gemido:

—¡Ayúdame, no puedo más!

Era Marcela, con Jerónimo.

Ursulo miró fijamente y con indiferencia:

—¡Déjalo que se muera!

¿Para qué cargar más tiempo con ese hombre? El cielo continuaba obscuro y negativo.

Por ningún sitio podría advertirse jamás un rayo de esperanza.

—¡Déjalo!

Marcela no se sintió herida con el egoísmo de Ursulo. Casi lo comprendía en aquel momento extraño. Ella misma estaba tocada por el veneno de la muerte, innoble y bajo. Dejar a Jerónimo, sí, a que se ahogara.

El grupo habíase detenido y las dos mujeres sujetaban el cuerpo del ebrio. No era indebido dejarlo ahí, sino antes bien natural y lógico. Porque la muerte es como un viento dentro del cráneo, frío, sin misericordia. Sacude los árboles por donde antes transcurría el pensamiento y ahora vuelve a reinar la especie, primitiva y aterrorizada. Tan sólo cuestión de soltar a Jerónimo para que cayese hundiendo el rostro en el agua. Dejaría de respirar simplemente, para llenarse con lentitud.

¿Pero qué estaban haciendo ahí todos, sin propósitos, como sonámbulos? Dormían, en efecto, soñando sensaciones. El trigo. Una campiña sembrada de trigo y un aire esgrimiendo las espigas. El cielo, atrás, inconmensurable y amplio, más celeste mientras más soñado. Las nubes. Nubes fraternales, moviéndose, bajo la cúpula, con algún semidios dentro, que dormiría. Las casas del pueblo, en aquellos tiempos en que se trabajaba aún......

¿Por qué no moverse y proseguir el éxodo? Sí, caminar otra vez. ¿Cómo detener la marcha un solo instante?

—¡Deja a Jerónimo! —dijo Cecilia— ¡Vámonos, por Dios!

Ella faltaba, únicamente. Faltaba su testimonio de egoísmo y odio. Morirían a partir de ese momento en que Cecilia había dado la señal.

Seguir, luchar por última vez, hacer el esfuerzo, postrero. Pero algo sujetaba sus pies a la tierra. Los clavos, nuevamente, de Cristo.

De pronto, un milagro: Jerónimo sacudióse fuertemente apartando a las mujeres, y de una manera grotesca, risible, caminó unos cuantos pasos, a grandes zancadas, para caer. Había muerto algunos segundos antes.

Inmensa y terrible su agonía: primero, en la casa, frente al cadáver de Chonita. Rezaba Chonita de rodillas sobre su propio cuerpo y quién sabe de qué maner.a "Glorifica mi alma al Señor y mi espíritu se llena de gozo." Jerónimo hubiese querido impedir ese género de sacrilegio, donde un cadáver se rezaba a sí mismo, doblado, como un muñeco de trapo. Sin embargo, imposible hablar, pues un cemento rodeaba los labios y en la tienda, con

un embudo, alguien vertía el mezcal dentro
de la botella. Un litro, dos litros, tres litros,
cuatro litros. Si el río iba subiendo y había
roto sus bordes para derramarse, como en la
Biblia, saliendo sin cesar. "Para el frío, Cecilia." Entonces de la planta de los pies salían-
le a Chonita llamaradas azules, pues se les ha-
había puesto aceite para que ardieran. Quería suplicar Jerónimo que no lo abandonaran,
que estaba solo, muerto, pues cómo vagaría,
más tarde, sin amigos, sin familia. No Alcohol ya no. Era la promesa firme. Que de-
tuviesen ese río de alcohol, donde los ojos se
le quemaban, como si dentro de ellos tuviese
los pies de Chonita, que ardían. "Glorifica
mi alma al Señor......" Se le había olvidado caminar por completo, como si fuera recién
nacido. Al intentarlo rodó lamentablemente,
pero no sobre el suelo, sino más abajo, por en
medio de nubes terrestres, blandas y asfixian-
tes. No latía ya su corazón. Eso que golpeaba era un desfile patriótico, allá, en la plaza
de su pueblo, a la cabeza del cual iban Chonita y Ursulo, marchando, ensamblados de
un modo estrafalario, Chonita hundida en la
caja toráxica de su padre, mientras éste hacía un ruido. "¡Llévatelo tú!", escuchó una
voz metálica, no humana. "Se refieren a mí,"
pensó. Púsose a llorar entonces con toda su
alma, pues no quería dejar a sus amigos: a la
buena de Cecilia, que lo quiso tanto en vida;
a Calixto, con quien a veces tomaba copas;

a Ursulo. ¡Eran tan buenos todos! Quiso decir algo, protestar, pero lo llevaron a fuerza, a través de un mundo donde el viaje duró quinientos años. Después, hecho un viejo, Jerónimo regresó y he aquí que de pronto se hizo una claridad intempestiva y grandiosa en su cerebro, en la sola fracción de un milésimo de segundo: "¡Deja a Jerónimo —escuchó la voz de Cecilia—. Vámonos por Dios!" Sí la voz de Cecilia. Ella también quería que lo abandonasen. Sobrevino entonces la sombra y en ese instante debe haber sido cuando Jerónimo, ya muerto, caminó unos pasos a grandes y ridículas zancadas.

Al ver que caía Jerónimo, todos suspiraron con descanso. Felizmente había muerto.

VI.

QUISO decir una palabra pero lo contuvo esa actitud rabiosa de Úrsulo. Parecía decirle que no hablara más; ordenarle que muriera. "Precisamente eso...... —pensó—, cuando yo mismo......" Pero en fin, nada importaba ya. Detúvose desprendiendo suavemente la soga que lo ataba a los demás y con la cual pretendían no perderse unos de otros. Sintió, sin ver nada, rodeado por las nubes de la tormenta, náufrago celeste, cómo todos desaparecían sin advertir su ausencia. Entonces, de rodillas, el agua tumultuosa arriba de la cintura, y sin que se lo propusiera, la resignada frase cristiana vínole a los labios:

—Todo está consumado......

No era un capitán de navío el que se abandonaba a la muerte, de rodillas sobre la cubierta sin tiempo. Era un pecador humano, antiheroico, transido por el mal, derrotado para siempre, caída la cabeza hasta lo más profundo del desconsuelo y la pena.

¿A dónde, cómo, por qué caminos demoníacos su gran equívoco? Ya por delante no había nada qué vivir. Apenas algunos minutos u horas de desesperada angustia, vacíos e inútiles. Porque ocurría que, próximo a la muerte, se le revelaba la esterilidad monstruosa de su existencia, cuyos propósitos, ahora, aparecíanle sin sentido. Todo su pasado era un error triste donde no hubo un solo momento de victoria.

Palpándose el pecho, hasta su mano llegaba la sequedad del alma. Alma amurallada con círculos infinitos, del uno al mil, del mil al millón, sin luz dentro, con tinieblas atroces que no dejaban ver, que no dejaban respirar. Era terrible darse cuenta de la derrota y la satánica inteligencia repetía ahí la verdad indudable: corazón amurallado, sin luz, que transcurrió por la vida inútilmente, estérilmente, como sobre un desierto, no dejando huella, ni rama, ni sombra, ni abrigo. La de vencer había sido su tarea. La de todos esa meta profunda: vencer: ¿Pero qué, hoy, en las manos descarnadas, de donde no podía hacerse una planta o un manantial o una lágrima?

El cura ocultó el rostro oprimiéndose con los dedos, que se habían vuelto garras, los pómulos, la frente, las mejillas.

—Todo está consumado, perdido......

¿Alguna vez venció de lo que debe vencerse para ser fecundo y grande? ¿Grande dentro de la pequeñez pura, angélica de la vida?

Sentía, cómo poco a poco, se iba convirtiendo en piedra, y la sensación conmovíalo hasta lo más profundo porque era cierta. La planta de los pies, primero, como una lámina. en piedra, como un catafalco.

¿Qué era el Bien?, meditó. El Bien consistía en que los hombres llorasen, estremecidos de su propio corazón. Que lo tomaran para ver cómo era, de animal, de furia, desconsolado.

¿Eran el B i e n los Mandamientos? ¿O monstruosos porque se erigían sobre todo lo que el hombre no puede hacer jamás? Amar a Dios sobre todas las cosas. ¿Y dónde Dios: Que se removiese la tierra entera hasta convertirla en polvo, y el Infinito, hasta desorganizarlo. ¡Dios, Dios! ¿Por dónde? De puerta en puerta: ¡Dios! Nadie contestaba. Por senderos, por ciudades, por aldeas, en las llanuras sin fin, nadie. Lo amarás por encima de todas las cosas. Por encima de tu madre. de tu esposa, de tu hijo, de tu hermano, porque eso que amas, en verdad, es tu sufrimiento, las lágrimas que te salen, la entraña que se te pudre lentamente.

Las lágrimas se mueven con sus pies de lluvia definitiva; ahondan, como un río, el cauce del hombre.

Fué en Oaxaca, muchos años antes. Estudiaba entonces en el Seminario Conciliar y esa tarde debíanse reunir los alumnos en el Coro de Santo Domingo, hermoso templo, uno de los más vivos de la tierra, como si se tratase de un anticipo en piedra de la Resurrección. Ahí, bajo sus bóvedas y en el pórtico, sentíase, en efecto, el presentimiento de que la muerte era nada más una estación obligada de la vida y que más tarde sobrevendría el despertar, así fuese no ya como sér humano, sino como nube, río, papel, océano. Las figuras graves de sacerdotes, guerreros, monarcas, partiendo en árbol, en rama duradera del gran cadáver que como tierra ardiente se tendía ahí, fecundo y sobrenatural, eran como el tiempo inmóvil, como una realización de la vida. Todo aquello no había muerto nunca y el templo era como una voz inextinguible y viviente.

Poseído de esta impresión turbadora, subió hasta el coro. Pero antes de llegar lo contuvo un canto extraño. Escuchó desde la escalera: un canto en falsete, roto por continuas desarmonías, bárbaro. Extendíanse las notas a ras de tierra, cual si la voz partiese de una inconcebible garganta vegetal, con espinas y agrio zumo, como si del **chicayotl** humilde y agresivo, uniéndose a esta voz de aquí, o como si de las biznagas hirientes de un yermo. Aquello desdibujado, elemental, era, ciertamente, la planta llena de espinas, naciendo dondequiera, avergonzada de ser fea y pobre, pugnando hacia el bien y la belleza con sus flores blancas que nadie desearía jamás, Y súplicas, lágrimas, tristeza, desesperación, soledad absoluta, sentido de lo miserable, todo eso reunía como si tuviese a la vez algo de animal que llorara.

—¿Quién puede ser? —se dijo, subiendo la escalera de puntillas, para no interrumpir.

Pero al asomarse al coro no había nadie, ni siquiera sus demás condiscípulos. Sólo las figuras degolladas de los Mártires, hechas con un realismo como de cosa en trastorno, viva a pesar de estar muerta, mirando a Dios desde el suelo, por donde rodaran las cabezas.

No habían muerto aquellos mártires llenos de súplicas terribles, a pesar de la decapitación. Ojos abiertos, los suyos, con espanto tranquilo para mirarse cómo les brotaba del cuello la sangre y una vena perpetua.

Al dirigir su vista hacia las naves distinguió, allá abajo, a un hombre arrodillado junto al reclinatorio, los brazos en cruz. De aquel hombre partía la voz desafinada y monorrítmica, triste como el silbar de una flauta de barro. Pero no era un canto. El hombre lloraba de rodillas, los brazos en cruz, con su pantalón de manta y la deshecha cobija. Lloraba en su lengua zapoteca lágrimas viejísimas. "Patroncito," decía en español, y después las voces de su pueblo. "Patroncito," y rogaba quién sabe por qué.

El seminarista no pudo comprender en ese instante nada, y ahora, después de tantos años, una voz con lenguaje común le traducía las palabras zapotecas:

Patroncito: hay muchas lágrimas: Sólo lágrimas, patroncito. Mi gente se enferma y muere. Llora mi mujer. Lloran mis hijos. Yo estoy llorando para que tú me veas.

Arrodillado, ahí, sobre la piedra de la iglesia, junto al reclinatorio. En la piedra y no en el reclinatorio.

Unos extranjeros que admiraban el sitio detuviéronse para mirar al indígena, y en sus rostros se dibujó un asco y una satisfacción. "Pobre —pensaron quizá—, muy pobre. Pero esto es una actitud típica, genuina." Y apuntarían: "......en México los indios lloran frente a las imágenes blancas, lamentándose en su idioma. Creen que Dios es Quetzalcoatl, que vendrá a redimirlos......"

Dios, siempre Dios. ¿Qué dios triste, sin poder, ese del pobre indígena? No. No tenía dioses. Ni Dios. Tan sólo pena.

El seminarista abandonó el coro aquella vez, y salió del templo con la primera duda clavada en el pecho. "Lo amarás sobre todas las cosas." ¿Y por qué caminos? ¿Con qué herramientas de amor, si el amor era un sentimiento vedado para el hombre?

Sí, la planta de los pies, la planta de piedra. Ya no sentía hoy los pies, testimoniales como un túmulo. Todo él volveríase piedra, derribado pilar, y ahí el agua trepando, únicamente la espera, vencido, sin un instante de victoria: no triunfó del primero, fundamental de los capítulos, Dios, porque ahora veía que jamás pudo creer y nunca amarlo sobre todas las cosas.

¿Qué era el Bien, entonces? Era la capacidad de horror ante el abismo propio, la tristeza, la falta de poder para que del alma saliese el mal, inalienable. Era sentir el sufrimiento de no remediar nada y de que el hombre es una hoja pequeña, con su pequeña savia como un lamento mínimo en medio de la gritante tierra.

"Amarás a tu prójimo......" ¿Y por qué no no despreciarás a tu prójimo como a ti mismo? Pues toda la vida es acumulación de desprecios hasta que sobreviene el desprecio final, el gran desprecio que es la muerte. Y doloroso como llama que ciega, el minuto de espanto en que la insoportable revelación se escucha: nunca amaste, antes bien despreciaste en todas tus acciones: cuando luchabas por la riqueza o la gloria o cuando creíste trabajar por tus semejantes. Y el hombre no oye esta voz sino hasta un segundo antes, cuando ya es imposible volver atrás y comenzar de nuevo.

Cierta noche sin estrellas, tranquila, sorprendiéronlo unos pasos junto a su habitación, en la pequeña iglesia del pueblo.

Era una noche de esas que hablan de tan enigmáticas y solemnes. El cielo se muestra vacío entonces y puede uno preguntarse qué es ese misterio rodeando todas las cosas: la rama pequeña e invisible agitada por el viento, el denso abandono del espacio, y el quedarse sin apoyo, estrella humana, planeta con pavor.

Después de los pasos, al otro lado de la puerta, una voz: que le abrieran, que era preciso. No se veía la ventana de tan sin estrellas que estaba todo, y la voz, ahí.

El cura encendió la lámpara y al abrir la puerta el hombre se estuvo quieto, el hombre de la voz, con ojos y el pelo negro, como breve lluvia de tinta. Deseaba confesarse y para eso cruzó las naves desiertas de la iglesia hasta la habitación del cura, las naves, las embarcaciones con santos y paredes. Era la confesión de un solo y mísero pecado.

El Príncipe había mordido a su cordero, dijo, y al decirlo en ojos había cierta claridad, como si hubiese descubierto un mundo ignorado. Porque ahí comenzaba la confesión y

El Príncipe no era sino el perro que había mordido a una oveja. Príncipe con la cola tronchada y la pelambre dura, abatido por la culpa, que esperó al amo mirando dulcemente.

Pedía perdón, pero el amo estaba iracundo, con su estaca en el aire, pecador de furia.

Confesaba con su vestido roto y su figura de redentor sucio, el hombre, ahí ante el cura, como un redentor. ¿Si no sería, en realidad, cuando sucede que así, caminando, en un hermano, en un amigo, en una mujer, en la sangre de un herido que agoniza, en un animal, de pronto está Jesús, crucificado para siempre?

Pególe a El Príncipe hasta saltarle un ojo y romperle el cuerpo con la estaca. En seguida se fué, al hombro el garrote lleno de sangre, mientras El Príncipe quedaba atrás, con un estertor.

—......y cuál no sería mi sorpresa cuando veo que el animalito se levanta como ciego y llega hasta mí, para lamerme los pies......? Ese perro, padre mío, ¿no sería El?

El hombre desapareció dentro de la noche sin estrellas. Era una noche profunda.

Al recordar todo esto el cura sintió cómo la piedra avanzaba por su cuerpo. No eran ya únicamente, los pies, con su planta. Convertíanse ahora las rodillas, doliendo como un puñal entre la armonía de los huesos. Era la piedad muerta, pues ahí está el nudo de la piedad, en las rodillas.

Continuaba subiendo el agua, cuya rápida línea ya le hería el pecho. Pronto iba a morir y aún no sabía, aún ignoraba el Bien.

Un voto sacerdotal lastimó siempre su existencia porque quizá ahí se encontrara el Bien.

En una ocasión fué llamado para administrar los últimos sacramentos a una mujer que agonizaba en el extremo del pueblo. Ocurrió al punto sin hacerse acompañar de su ayudante, un pobre de espíritu llamado Timoteo. ¿Por qué acudió solo? He aquí uno de los misterios de su propia alma que más lo conturbaban, haciéndole negar a Dios. Pues si el hombre, pese a su voluntad que llega a veces al espanto, se le niega Dios y pueden más las sombras, vencedoras y absolutas, ¿por qué El? ¿A qué, como entidad ciega e impasible? Recordaba las tentaciones de Teresa de Jesús y cómo la Santa describía aquel fuego inmediato y amenazante. ¿No era sucumbir el solo narrar la tentación y otra vez en el espíritu poner la semilla imborrable del recuerdo? Teresa de Avila sufría por ese fuego, y advertíanse en sus memorias el goce que experimentaba en reproducir la tentación, como si hubiese sensualidad voluptuosa del arrepentimiento y del Bien, y la victoria sobre el demonio implicara al mismo tiempo una relación, placentera, mas no de placer divino, sino justamente un placer concreto del cuerpo, de la carne.

Llegó el cura hasta la casa donde debía administrar los sacramentos.

La mujer no agonizaba propiamente. Iba a morir, sí, y por eso se encontraba en ese estado obsceno que es el presentimiento de la muerte, los ojos brillantes, sin dolor. Sufría de epilepsia y después de un agudo ataque hizo llamar al sacerdote.

Las paredes del cuarto casi estaban desnudas a no ser por la imagen de una Virgen de Guadalupe, las manos en actitud de paloma doble y unida, con su color moreno, palomas morenas, el rostro humilde y la mirada baja, no como La Dolorosa que estaba en su iglesia —alguien la pintó, en el siglo XVIII, y caíase ya el material descubriendo una tela ocre envejecida—, que veía hacia el cielo con angustia, atravesada por los puñales. La Virgen mexicana, miraba, al contrario, hacia abajo, apoyando sus pies en una luna nueva que sostenían dos ángeles pequeños, mientras el vestido azul, con estrellas, volaba entre las nubes.

Había, además, una especie de botiquín obscuro, con adornos muy simples, medias-cañas de madera barnizada, y espirales sin gracia. ¿Qué guardaría ahí la mujer? El cura se detuvo a examinar todo únicamente para no ver a la mujer, con aquellos ojos de fiebre dura y de pecado.

—¿Ya llegó usted, padre? —preguntó la epiléptica no obstante que lo estaba viendo ahí, en mitad de la habitación los ojos como luminarias.

Enmudeció el cura y quiso volverse de espaldas para huír, pero una fuerza extraordinaria y violenta lo retuvo haciéndole dar un paso hacia adelante.

—¡Aproxímese usted......! —dijo ella quedamente—. Por piedad...... estoy muy débil......

El sabía todo. Sabía que era mentira aquella voz desfalleciente, pero a la vez algo impune lo arrojaba al precipicio: estaba ciego, no entendía nada, a no ser una sangre tumultuosa que galopaba en sus sienes.

Se acercó, ciego, con la mano tendida en el aire.

No rezaba, no combatía.

La mujer le tomó la mano entre las suyas y entonces el cura sintió hasta la huesos la carne cálida. La mujer tenía fiebre, en efecto, y su calor era agudo, como si las manos fuesen alguna parte más esencial del cuerpo y

no extremidades solamente, sino algo definitivo y consumado ya.

—¡Siéntese usted, padre......!

Al oírse llamar así el sacerdote, sintió la
conciencia de incesto monstruoso. El no era
un padre.

"Vete," hubiese querido suplicar, pero la
voz no podía articulársele en la garganta.

La mujer realizó entonces algo inaudito.
Aquella mano del cura fué conducida por entre las sábanas y depositada en el pecho, sobre un seno palpitante.

Era un seno. Ninguna otra cosa en el
mundo sino un seno ardiente, macizo. Cerró
los ojos el cura y oprimió. Oprimió primero
con un intento de caricia arrepentida, para
luego clavar las uñas sobre aquella carne, con
rabia, imponente, vencido, furioso de pecado.
Ya sentía sangre entre los dedos pero no cesaba de oprimir.

—¡Está loco! —gritó la mujer saltando de
la cama semidesnuda.

El cura se tambaleaba, ebrio, destruído. Caminó por la habitación huyendo en seguida
hacia la calle.

Empezó a llover sordamente y las grandes
gotas le caían sobre el rostro, golpeándole la
frente. Una lluvia inopinada y agorera, como

si el cielo quisiera a su vez agregar un testimonio. Caminó por las callejas sin rumbo
preciso y en tanto que hacía esfuerzos para
calmar su corazón una furia repetida nacíale
de nuevo, recordándole que no había consumado el pecado. Quiso pensar en aquella imagen de la Virgen, en el botiquín de madera,
en la cama de latón, en cualquier cosa. Era
una cama sucia y fea, extremadamente alta
—cuando se sentó el cura en ella pudo darse
cuenta, pues no podía asentar los pies en el
piso—, con manchas, desportillada en absoluto. Y —otra vez la mujer—, aquel demonio
veíase extraño y seductor, tendido ahí, siendo
la cama tan elevada, entre las cobijas lentas,
que tenían un rumor de vello y de sudor.

—Se moja usted, padre...... —oyó una voz
humilde.

Volvióse y en el quicio de una puerta estaba Eduarda, encogida, con unos ojos indul-
gentes y puros.

Era Eduarda la única prostituta del pueblo.
La visitaban jóvenes labradores que recibían
el bautismo sexual con asombro, un poco tímidamente, y regresaban a sus casas con una
seguridad y la voz ronca. Ahora, en el rincón, defendíase de la lluvia, apareciendo extraña, singular, iniciadora de machos vírgenes,
con algo de muy transparente y claro, limpio
y sin mancha.

El sacerdote abrió los ojos con espanto. El simple oír una voz femenina lastimaba su espíritu, pero en esta ocasión —y eso fué lo que le hizo sorprenderse—, aquello era un llamamiento nuevo, hacia otras cosas que quién sabe qué serían.

Eduarda hizo un movimiento culpable, de arrepentimiento, al ver la mirada del cura, que juzgó colérica. Le había costado mucho trabajo dirigirle la palabra pues no se consideraba con derecho para ello. ¿Cómo una prostituta iba a dirigirse al sacerdote?

—Dispénseme, padre......

Se descompuso de tal manera el rostro del cura, con rasgos súbitamente tan dolorosos, que la prostituta sintió una gran piedad.

—Pase usted —se atrevió a decir— no se moje......

Yo aguardaré aquí afuera para no tentar lo......

Nunca había oído el cura que alguien le hablase de una manera tan directa, simple y justa. "Para no tentarlo." Pronunciada así, como una palabra inmensa, reintegrándole una dignidad y una libertad de las que hasta entonces carecía. Porque al reconocerse como objeto de tentación, la prostituta otorgaba al sacerdote un don poderoso y nuevo. Otra vez tornábalo un sér casto, con atributos fidedignos, libre.

Entró en la casa de Eduarda mientras la mujer, inmóvil, quedóse en la puerta, bajo la lluvia.

Aquello estaba obscuro, con un pequeño olor de ropa, no olor sucio, apenas de ropa humana, llena de cuerpo vivo. "En este cuarto —se dijo—, Eduarda se entrega." Pero al contrario de lo que pudiera esperarse, había pensado esta frase considerando atentamente el hecho, con mucha independencia y claridad, sin que lo ofuscase el deseo. Tomó una silla y, humilde, sentóse con los brazos cruzados mientras su mente reposaba en silencio.

Oyó una voz en la calle:

—¿Me dejas entrar? —de macho, matizada de bajo cinismo.

Y Eduarda:

—Ahora no puedo……

Una maldición y alejóse el hombre con unos pasos firmes, que de pronto se antojaban inocentes. Ahí quedaba Eduarda sola, tangible bajo la lluvia. Pero inopinadamente sobrecogióse el cura. ¿Había ocurrido en verdad aquello? ¿Esa voz? Porque todo era una quietud bárbara donde las cosas se desligaban unas de otras y se ignoraba si la lluvia, la mujer, la puerta, sucedían y eran algo vivo. "¿Dónde estoy?", preguntóse, "¿Qué voy a hacer?"

¡Eduarda......! —llamó en voz q u e d a—
¡Eduarda......!

Fué un ruido, primero; un ruido extraterrenal y profundo, el de la puerta, al abrirse
para que la mujer entrara con su cuerpo que
ocupaba el Universo. Dijo algo que hoy tenía
olvidado el cura, pero que era algo así como
"he vuelto, aquí me tienes," pues hacía doscientos años caminaba por el mundo, como
una santa sin materia, celeste, antigua, joven,
plena y floreciente.

Tal el recuerdo.

El agua había subido por encima de los
hombros del cura. Ahora iba a subir hasta los
labios para penetrar con fuerza inexorable por
la boca. Pero él continuaba de rodillas en
espera de la muerte.

Eran ya de piedra sus muslos y el torso,
como una columna. Subía por su cuerpo una
manera de ausencia que lo iba perdiendo hacia lo definitivo. Había muerto ya en más
de la mitad y pronto su corazón estéril iba
a quedar fijo, oxidado, dentro de la muralla
de piedra.

Recordó entonces los tiempos de la guerra,
cuando el pueblo andaba en armas, lleno de
odio.

Aquella vez en su iglesia había mucha gente, mujeres y campesinos, con la mirada sin
apelación, cayendo como plomo.

—Quieren crucificar otra vez a Jesús —dijo el cura, y una sordera, una cosa fría e irremediable respondió a sus palabras.

He aquí las palabras que después se tornan sangre y fuego y llanto. Nacen, no son nada, apenas un pequeño, inconsciente esfuerzo pulmonar, pero cuando entran al hombre se endurecen y cobran su tributo. Fuéronse los hombres al monte y el cura se escondió para oficiar en secreto, por las noches.

Aquello era sucio y bajo. Los rostros habían perdido devoción, profundidad. El los miraba, en aquellas casas donde decía la misa, cómo tenían un aire concupiscente y equívoco. Las viejas le besaban la mano otorgándole una dignidad ilegítima de jefe armado, de jefe sangriento, mientras los campesinos morían.

Alguien le contó la historia de un hombre: por la mañana lo habían tomado preso los federales. Era un campesino modesto que nadie conocía, descalzo, ni siquiera con huaraches. Tenía una humilde cobijita raída que no quiso abandonar. No dijo una palabra cuando lo aprehendieron los federales.

—Está bien, mis jefes...... —musitó resignado cuando supo que lo iban a matar.

"¿Qué le vamos a hacer?" —pensó—. "¡Ya me tocaría!"

Dobló su cobijita y se la puso al hombro. Le daba, así, un calor humilde y tierno. Era una cobijita sin cardar, de lana corriente, pero él la sentía como un abrigo infinito.

¿Qué podría hacer sin ella?

A veces dicen algo estos rostros de campesino, pobres y morenos. Dicen algo a pesar de la mirada que se esconde y de los músculos, fijos, sin movimiento. En el hombre había como una sonrisa: pero no, era tan sólo una mueca apenas perceptible, que se daba cuenta de la muerte.

—¿Cómo te llamas? —preguntó el oficial

El campesino no levantó la vista del suelo.

—Ya pa'qué, señor, de una vez máteme......

Cantaba al decir esto, con una entonación quebrada, el mentón sobre el pecho, muy triste.

—¿Y por qué andas de cristero? —continuó el oficial con cierta zumba.

—Por qué ha de ser, señor —repuso el indígena con su anterior tono quebrado, lacrimeante y melódico— si quieren matar a Diosito......

Diosito querido, de tepalcate, que era como su cobija, de lana burda y primitiva. El lo había visto, sin duda, quién sabe dónde, pero en algún lugar, y lloraría sin remedio o bebería alcohol hasta morirse si a Diosito se le hiciera daño.

—Bueno, está bien. Pero, ¿cómo te llamas?

Se descubrió la cabeza el campesino en señal de respeto y humildad, y con el sombrero en las manos, mirándose los pies, insistió:

—Ya le dije a usted, jefe, máteme diatiro......

Era su forma de rebeldía callada, reptante, tenaz.

—¡Hombre! —continuó el oficial— si nada más es para que yo pueda dar el parte......

El campesino inclinó más la cabeza, sin responder ya.

—Te llamaremos Juan Pérez entonces......

Y dirigiéndose en seguida a los soldados:

—¡Andenle, muchachos! —ordenó con jovialidad.

Eran iguales que el campesino el par de soldados, impasibles, morenos. Lo empujaron con las culatas de sus carabinas, con dulzura cruel y suave, conduciéndolo hasta un machero cercano. El oficial, robusto, muy firme en la vida, seguía al grupo.

Había tres caballos y en uno de ellos montó el oficial mientras los soldados amarraban al campesino con las manos a la espalda. Terminada la operación ambos soldados montaron a su vez, mientras Juan Pérez, ahí, amarrado, esperaba con los ojos perdidos y la mente fija en quién sabe qué pensamientos.

El aire estaba lleno de tierra y sol. Los tres jinetes emprendieron la marcha y entonces la cobijita de Juan Pérez, sin manos que la sujetasen, resbaló cayendo al suelo. Juan Pérez volvió la cabeza para mirar su cobijita, cómo quedaba sin remedio.

Hermoso, joven caballo el del oficial. Corrió de pronto, excitado por el aire, por la mañana ruda y picante. Ambos soldados lo siguieron al galope mientras Juan Pérez, atrás, corría con toda el alma, sin sombrero, respirando con violencia, muy abiertos los ojos.

Por fin el grupo se detuvo bajo un árbol corpulento. Desmontaron los hombres empujando a Juan Pérez bajo una rama. El campesino tenía labios y rostro de ceniza.

—Haz el ñudo...... —dijo uno de los soldados a su compañero, tendiéndole la fina soga de lechugilla.

No existía ya Juan Pérez para ninguno de los tres hombres. Aquel únicamente era un sér extraño, pobre, un animal que hablaba, pero que, sin duda, no sufría. Le colocaron al cuello la soga, mientras él veía todo como si se tratase de sucesos que no le afectaban para nada.

—¡Viva Cristo Rey! —gritó con los ojos duros y los labios apretados.

Nadie hizo caso.

Ascendió por el aire pataleando, la figura desmadejada, descompuesta.

—¡Descuélguenlo, que descanse! —ordenó el oficial.

—¡Viva Cristo Rey! —fué la respuesta de Juan Pérez.

—¡Súbanlo, pa que no grite! —dijo, frío, sin emoción, el oficial.

Dos, tres, cuatro veces, y siempre su Viva Cristo Rey, terco, sombrío, porque no era Cristo sino algo terrible e inmortal, sin nombre, que latía junto a su corazón, y que no cesó de latir cuando éste quedó en el aire, muerto dentro del cuerpo, levemente móvil al soplo de la brisa......

Recordaba esta historia el sacerdote pero ya no podía recordar más. Ni siquiera las hazañas bestiales de los propios soldados cristeros.

La piedra se aproximaba al corazón y moríase el cuerpo. Un golpe de viento lo hizo tragar agua en gran cantidad.

Era preciso gritar una palabra expiatoria, la misma que antes intentase gritar junto a Ursulo y sus compañeros.

—¡Adán! —pensó decir entonces.

Pero se recostó blandamente para desaparecer en el agua.

VII.

PODIA ser la luna, tan pálido, apenas una mancha de luz. Sol enfermo que de pronto estaba ahí en el cenit, reblan· decida su fuerza por las nubes grises; sol nocturno, fantasmal.

Había cesado el aguacero y una lluvia fría restaba tan sólo sobre aquella inmensidad informe, que no podría ser nada, campo o pue blo o tierra o lugar humano. Un sol irremediable, espectro apenas, como ojo ciego meciéndose de derecha a izquierda dentro del cielo proceloso. La lluvia tiraba a cordel sus rayas verticales y no era lluvia sino manto de palabras repetidas. Un ojo viudo para contemplar la soledad, el martirio, y que a uno y otro lado, cual campana, lívida, golpeaba cardinalmente al tocar, sin sonido, la lana negra, verde, gris, torva, de las nubes.

Habrían muerto ya y esto, a lo mejor, era lo que seguía después de la vida: nubes, campanas y un ojo de cíclope en mitad del Universo, acaso Dios.

Caminaban, en efecto, dentro de su ataúd

y la carne viva habíaseles tornado de madera funeral, crujiente.

Detuviéronse todos: Ursulo, Marcela, Calixto, Cecilia, ante un obstáculo. Caminaron antes sin otra oposición, casi libremente. Pero de súbito aquello, duro un tanto, que condensaba todo y que, a la vez, masa detenida, perpendicular, seca, aunque pudiera ser tocada inducía a la incertidumbre, pues cómo su presencia, cómo ahí, después de tanto. Y el sol, de un lado a otro, caballo celeste.

Cual si de pronto el aire tuviese puertas o muros o fronteras.

Sí, un sol terrible, de otro planeta que no de la tierra, bailando como el sol de los barcos, negro a veces. Como el sol de los náufragos y luna, a la vez, siniestra, amarillo sol enfermo de azafrán.

Los unía aun la soga y caminaban sobre el agua en un mundo posterior a la muerte, anguloso, difícil. El cura había desaparecido mucho tiempo antes, y nadie se asombraba por ello. Estuvieron convencidos desde un principio que irían desapareciendo uno a uno, cuando menos lo pensaran.

Todos estaban muertos y Ursulo bien muerto ahí, mientras en sus manos la de Cecilia oprimía, y en la de Cecilia la de Calixto y en ella la final mano de Marcela, formando la cadena.

¿Qué era aquello, deteniéndolos, como si la lluvia a plomo tornárase de metal o piedra? Ursulo abrió los ojos desmesuradamente: aquel obstáculo era su casa, en torno de la cual giraran sin descanso durante aquellos infinitos años. Todo, entonces, la muerte de Jerónimo, la desaparición del cura, el amor de Calixto hacia Cecilia, se había desenvuelto ahí, sin apartarse del punto primero.

No se movieron de su sitio, sin sentir siquiera angustia o desolación. Estaban muertos, sentíanse muertos y ya para qué todo. Sobrevino un silencio enorme e intenso. Era pavoroso ver cómo el agua corría sin el menor rumor, avanzando en un sueño mudo y pétreo. Sér pensante, de monstruosa conciencia, el agua sin piedad. De no morir aquellos hombres, suicidaríanse, a tal grado se había hecho noción dentro de sus almas la muerte: la deseaban e iban hacia ella con pasos fatales y seguros; nada más deseaban solemnidad, una solemnidad interior que les diese tiempo de recibirla familiarmente, amorosamente, dentro de la casa inexorable del cuerpo. Ella entraba sin causar miedo, y jamás podría oírseles un grito, un lamento, mientras, poco a poco, se deslizase por las habitaciones resignadas.

—¡Hay que subir a la azotea! —dijo Ursulo.

Y todos, ignorando por qué, subieron: Calixto, Cecilia, Marcela.

Desde abajo, Ursulo tendió el cuerpo de Chonita.

—¡Tómenla!

Existía, quemaba, presente y muerta.

Ahora que otra vez, aunque tan sólo por algunos instantes, se desembarazaba de su hija, Ursulo tuvo una duda: ¿no era mejor partir, perderse, que él se perdiera? Se alejaría para ceder su campo, dejando a Calixto y a Cecilia en la azotea, con Marcela. Pero aquello fué como una chispa súbita. Arrepentido, trepó entonces también y frente a Cecilia nuevamente, una afirmativa sensación embargóle el pecho. Así estaba su mujer. De proponérselo, de darle una orden a la bestia sumisa, podría poseerla ahí mismo, pese a lo insólito de las circunstancias, ante los propios ojos de Calixto y de Marcela. De proponérselo. Sabía, no obstante, que ese propósito no era cierto, pues Cecilia no era suya ya. "¿Y cómo aproximarse otra vez, otra vez llegar, ser parte de su cuerpo?"

—Cecilia mía...... —musitó contra su voluntad.

Fríos, que mejor fuera no haberlos llamado, los ojos de Cecilia se posaron en Ursulo sin expresión y sin mirada. Ursulo sintió enton-

ces cómo quedaba de pronto sobre la tierra
sólo e irreparablemente vencido.

Eran ataúdes sus cuerpos, de madera corriente, árboles muertos, sin capacidad alguna
para florecer. Un sepulturero extraño los conducía por el mundo seguido de sorda multitud.
Cecilia, carente de rostro, sin nombre ya. Ur
sulo recordaba los pómulos salientes de Cecilia, con aquellos ojos de color café, desmesurados; las mejillas ligeramente hundidas dejaban caer su línea mientras en la boca, grande, se posaban los pájaros. Era su sexo como
una herida y este pensamiento, informulado
hasta hoy, fué siempre para Ursulo una inquietud. Había en ella cierta prevención, cierta repugnancia para dejarse poseer por Ursulo, como si su herida, su sangrante sexo, no
debiera ser tocado jamás. Pensaba entonces
Ursulo en "el otro," en Natividad, pues no
podía arrancarse de la cabeza aquel amor primero de Cecilia y aquella entrega profunda.

Hoy no. Cecilia sin facciones ni rostro, era
nada más como una superficie lisa, como una
cabeza sin cabellos, vista por la nuca, sin labios, sin nariz.

La frente de Cecilia en otros tiempos —apenas antes de que Chonita muriese—, transparentaba sus ideas, corpóreas, con volumen,
ideas que ocupaban tiempo y espacio. Hoy
esta frente mostrábase sin sombras, como si
en verdad hubiese muerto. ¿Quién era aque-

lla mujer, aquel cuerpo afemenil, pesado y del otro mundo?

Reposaban todos dentro de su respectivo ataúd, féretros con piernas, limitados sobre aquella azotea desnuda. La procesión era infinita y del aire nacían voces, miradas que se iban arrastrando.

Había sido un cuerpo grácil, el de Cecilia, suave. ¡Y cómo murió de pronto, al Chonita morir!

Cuando principió la enfermedad de Chonita hubo un brillo, una febrilidad en los ojos de su madre. Evidentemente Cecilia no quería que muriese, pero algo monstruoso, un demonio, se le interponía dentro del alma. Triunfaba un poco contra Ursulo al enfermarse su hija. Puede ser esto bestial, pero ocurre y ocurría así entre Ursulo y Cecilia.

Arrojó sangre la primera vez, aquella niña. Era una flor con las raíces podridas, languideciendo diariamente, y apenas dueña de un poquito de sangre. Le crecieron los ojos y agrandáronse sus brazos hasta llegar a la puerta. No hablaba aún —con sus diez, con sus quince meses—, pero en su agonía pudo decir tantas cosas roncando, que el aire de la habitación hízose tangible, y amarillo. Iba a morir, y ambos, Ursulo y Cecilia, se dieron cuenta desde el primer momento. Una fiebre helada le fué penetrando por las uñas, primeras que murieron, con su ligero color de maíz morado. Eran granos de maíz creciendo por los dedos, como por dentro de una tierra capital, y terminaron levantándose sin espigas, con sus hojas de otoño infantil, de atroz otoño.

—Chonita va a morir —dijo Cecilia.

Amaba a su hija profundamente y era por ello desconsolador y terrible descubrir que en el fondo, contra su voluntad, deseaba que Chonita muriese. La parte que en Chonita había de Ursulo era improrrogable y resultaba abrumador, enloquecedor, que Chonita fuese, mientras vivieran, la referencia de ambos, su lugar de cita.

Ursulo no había fecundado a Cecilia por impulso de procreación, sino tan sólo para poseerla sin límites; para adueñarse de su alma. Este propietario descomunal no aspiraba al cuerpo, sino al señorío del espíritu, y había ultrajado los rincones más inalienables de Cecilia.

—¿Entiendes? Va a morir Chonita —repitió ella.

Ursulo le dirigió una mirada pobre y humilde.

—Sí —dijo con tristeza.

Iba a perder su gran, su empecinado amor. Decidióse entonces, fatalmente, a no hacer nada por salvar a Chonita. Que todo se cum-

pliera y el destino trágico de la soledad lle-
gase.

Las noches fueron interminables junto al
quinqué opaco. Desde el primer día la niña
empezó a respirar con sombras en la garganta
y quizá fuesen sus pulmones como una bolsa,
obscura donde el aire caminaba a ciegas, tropezando con ángulos de muerte.

No se dirigían la palabra Cecilia y Ursulo,
absortos ambos ante aquella cosa presente y
criminal. Cecilia llevó alcohol, yodo y otros
olores que penetraban por los poros, gimien-
do. Una campana de vidrio, ahumada, ba-
lanceábase en el cuarto y dentro, una gran
mosca torpe hacía zumbar sus alas grises.

En la ventana algo así como una pequeña
claridad y como un rostro sin facciones, de
yeso. Ursulo advirtió, exacta, la presencia
aquella. Levantóse para abrir la puerta y ver,
aunque no, nadie estaba ahí. Tres o cuatro
veces lo hizo y siempre aquel vacío junto a la
ventana, mientras, por dentro, a través del
equívoco cristal, ahí, empecinado, infinito,
frío, no obstante dulce, triste, lastimero, el
rostro.

—¿A qué tantos sales? —preguntó Cecilia.

Ursulo no pudo responder pero debió haber clavado sus ojos sobre ella de manera absurda y definitiva, que ambos, aniquiladora-

mente, entendieron de súbito. Era la muerte en la ventana. Después penetró al cuarto y ahí, en la silla, aguardó el instante en que debía recostarse sobre el cuerpecito, bajo el mosquitero.

Ahora estaba Chonita en la azotea, vagorosa, pequeña, envuelta mientras se adivinaban bajo la cóncava sangre los gusanos. En la orilla, junto a Marcela, era un barquito de papel, de papel de China rosa, y como que iba a navegar. Mas lo triste que aquel barquito no navegaría nunca, con ese olor donde el agua, al caer, tornábase verde sobre el musgo que ya lo iba ocupando todo.

Calixto mantenía los ojos fijos sobre el cadáver. Miraba con un aire estúpido, del cual salía, no obstante, cierta inteligencia especial, dirigida a un solo objeto, como si el cerebro hubiese cobrado súbitamente la capacidad de entender una sola cosa, pero importante y profunda. Aquel cadáver también era suyo, tanto, a su vez como de Ursulo. Pues si algo los había congregado ahí era Chonita; pero Chonita muerta, en vías de putrefacción.

Recordaba Calixto que el nacimiento de Chonita, en realidad, no les causó la menor impresión —sí, en cambio, el saber a Cecilia embarazada, pues eso era diferente—, y el alumbramiento apenas si significó una borrachera hasta el amanecer. Preferían, les importaba, el cadáver, la muerte, y todos ocurrieron al velorio, feos y flacos, para reverenciar, para recordar, entregándose a su recóndita nostalgia.

Ursulo había advertido la mirada absorta de Calixto hacia el cadáver.

—¿Qué miras? —gritó brutalmente, sin poderse reprimir y de una manera inmotivada, apretando los puños.

Le sublevaba la idea de que otro, otros, intentaran detentar aquel cadáver suyo, propio y entrañable. Si le pertenecía por todas las razones del mundo: por el amor hacia Cecilia, por el drama de su vida solitaria y hambrienta, por su origen, por la muerte, a cuyos bordes se encontraba.

Calixto, ajeno por completo al grito de Ursulo, continuó con la mirada fija en Chonita: ahí estaba eso inmaculado y misterioso, su negación y su libertad: porque de qué manera obscura había penetrado en la vida de Cecilia, él, Calixto, a través de la hija muerta, y hoy era un padre sobre aquel pequeño cuerpo frío, relacionándose vivamente con la mujer deseada, querida, por conducto del dolor, de la soledad, de esa furia incontenible de encontrarse perdido y sin amparo. Se levantó lentamente, como en un sueño, para dirigirse hacia el barquito de papel de China. Lo oprimió entre sus brazos envolviéndose en las nubes, en el vapor, que como una lóbrega aurora, de ahí nacían.

—¡Déjala! ordenó Ursulo lleno de ira.

Calixto, ebrio, sonámbulo, abrió los ojos sin comprender en absoluto lo que Ursulo quería decir.

Chonita no importaba en vida. Importaba cuando ya no era nada sino un lazo más allá de todo, que unía los destinos profundamente.

Nació por la tarde, un poco antes del crepúsculo: se enrarece el aire antes de que el sol muera, y algunos pájaros, como pedradas, cruzan el aire sordamente, negros, huyendo.

En el horizonte las nubes ardían y adivinábase que ahí comenzaba un límite inconcebible después de cuyo término estaría un valle extenso y de oro. No obstante, la ilusión se disipó apenas el sol traspuso el término y las nubes, antes claras, luminosas, empezaron con su color violeta, guinda, hasta quedar grises como un rescoldo.

Los amigos de Ursulo estaban sentados en la banqueta, frente a una casa de madera de las del Sistema. Ursulo llegó, cauto.

—Fué niña...... —comunicóles, procurando no denotar emoción.

Propuso entonces ir a beber. Beber todo lo que fuese. Se encaminaron a "La Negra Consentida."

—¿Qué día es hoy? —preguntó Ursulo al cantinero.

Este adoptó un gesto de zahorí dudoso:

—¿Será viernes?

Ursulo tuvo una sonrisa.

—No, no es eso. Quería saber qué santo se festeja hoy......

El cantinero examinó un calendario sucio y desteñido que mostraba un cromo donde gallarda, a mujeriegas sobre bello corcel, la multicolor china poblana sonreía anunciando gran tienda de abarrotes.

—La Encarnación del Señor. Eso, hoy es la Encarnación......

Volvió a sonreír Ursulo.

—¿Qué les parece?

Sirvieron unas copas grandes, transparentes, de tequila.

—Encarnación...... Entonces Chona...... Chonita......

A la hora y media todos estaban completamente borrachos. Ursulo, apoyándose en el hombro de Calixto, murmuró sombríamente:

—Lástima, de veras, que no esté el difunto Natividad. Lo haría mi compadre, por Dios......

Curiosas las relaciones entre Ursulo y Natividad, antes. Es decir, la relación que existía de Ursulo hacia Natividad.

Natividad llegó al Sistema de Riego y al poco tiempo todos los peones se levantaron en una huelga general. Al principio Ursulo fué enemigo de la huelga, pues sentíase afectado como propietario que era. Una conversación con Natividad, empero, fué suficiente para convencerlo. El era, díjole Natividad, un propietario miserable, de quince hectáreas y la huelga estaba dirigida más bien contra los grandes propietarios. Ursulo se incorporó al movimiento en compañía de sus dos peones.

Cautivábale Natividad; hubiese querido ser como él: claro, fuerte, activo, leal. Sobre todo porque Cecilia lo admiraba, lo amaba. Cuando Natividad logró obtener el amor de Cecilia, esta circunstancia, en lugar de crearle odio, merced a insospechadas reacciones, sirvió para que Ursulo se sintiera doblemente atraído por ese hombre. Al ser Natividad asesinado, sin embargo, en Ursulo se sucedieron emociones muy diversas y contradictorias: una cierta inconfesada satisfacción, desde luego, y una rabia, un deseo de emular a Natividad y cumplir sus propósitos, sus ideas, hasta las consecuencias últimas, por más des-

cabelladas y absurdas que fuesen. De esta
manera, al fracasar la huelga, Ursulo se empe-
ñó en seguir por su parte. Plantóse en la
tierra; se marchaban todos y el permanecía,
y así, hasta hoy, hasta la muerte.

No, no importaba en vida, Chonita. ¿Qué
significado tenía el que alguien apareciese en
la existencia si lo esencial era lo contrario, el
desaparecer, cuando con ello se renueva la
condición fatal del hombre?

Fué distinto cuando la niña murió.

Ya eran dos días de lluvia incesante y el
cielo estaba obscuro y espeso, mientras el
río, sucio, se despeñaba vertiginosamente. Río
traidor y avieso, cuyas fuentes eran inopina-
das, pues secas la mayor parte del año y hasta
en ocasiones durante más tiempo, llenábanse
de pronto irrumpiendo con furia dentro del
frágil cauce. Los habitantes de la región le
vivían sometidos como a una deidad ciega y
caprichosa, aguardando de su inconstancia la
felicidad o el castigo. Dos días con sus noches, como si el cielo fuera un depósito sin
fondo, abrumador. Lo extraño, lo que enco-
gía el espíritu, aquella falta de luz en todo,
aquella ceguera y aquel rumor tenaz sobre
las cabezas, golpeando el pecho. Algo, como
si un ave loca estuviese dentro, sacudía al
corazón aprensivo y el aire era entonces más
duro y la lluvia como una maldición.

Calixto dormía .junto a su mujer, mujer insomne, que vigilaba con los ojos terriblemente abiertos.

Era una alucinación, sin duda, porque todo lo que pasaba afuera, el rumor del viento, la lluvia, el río, sentíalo dentro de sí La Calixta, como si ella fuera la tierra. He aquí que sus pies eran como dos montañas azules, por cuyas vertientes el agua inmensa descendía; pero a la vez dos pirámides angustiosas, apuntalando un cielo húmedo y fofo. El agua ahondaba como lava de fuego sobre la carne viva. Planeta desmesurado, el vientre agrandábase con algo de batracio colérico en mitad de la tormenta. Llovía sobre La Calixta una tempestad de venas rotas y de árboles, de salvaje río inhumano embargándole el cuerpo, y como si un mar interior, con las voces, con el ruido sordo, así su materia asombrada, aterrorizada junto al marido, lejanísimo en el fondo de su sueño.

Una voz le sonó dentro, como desde una fosa:

—¡Calixta, Calixta......!

Dentro, sí, opaca, abriéndose paso a través de una selva orgánica y opositora.

—¡Calixta......!

Pero no. Oíase afuera, empapada, temblorosa.

—¡Abranme, por favor......!

La Calixta, torpemente, se levantó para encender un mechero. Sí, esta voz era otra que no la suya interna, la que se le oía en el abdomen, afelpada e irreal.

Al abrir la puerta estaba ahí Cecilia, con sus ojos grandes, nocturnos, muda. Había muerto Chonita.

Estaba muerta ya, con su vestido color de rosa y la lástima no haberla visto entregar el alma.

Rodeáronla, tal como se veía encima de los cajones de jabón, en la casa de Ursulo, cual si estuviera viva. Un viento empezó a correr entonces, y los cirios parpadeaban, huecos, ajenos, largos, rodeados de obscuridad.

En los brazos de Calixto, hoy, era Chonita como un pequeño barco de papel.

Colérico, tomando a Calixto por la camisa, Ursulo gritó otra vez:

—¡Te he dicho que la sueltes!

Importaba ese cadáver.

Cecilia contemplaba la escena como indiferente, mientras Marcela, pálida, querría intentar algo para que no disputasen los dos hombres.

Pero ya era tarde: un bofetón de Ursulo

y el forcejeo hizo que ambos cayeran desde la azotea. En el agua continuaron la lucha por un instante más, hasta que por fin, tal vez por cansancio o por otra cosa, cesó el encuentro y ambos, penosamente, volvieron a trepar, Ursulo con el cuerpo mojado, maltratado, de Chonita, junto a sí, entrañablemente.

Nadie dijo una palabra. Un silencio envolvió todo, mientras Ursulo y Calixto, la cabeza baja, hundíanse en una tristeza mortal y definitiva.

VIII.

LLEVABAN tres días sobre la azotea y, desfallecientes, no eran capaces de pronunciar la menor palabra, moribundos casi, respirando con dificultad.

Se abandona la vida y un sentimiento indefinible de resignación ansiosa impulsa a mirar todo con ojos detenidos y fervientes, y cobran, las cosas, su humanidad y un calor de pasos, de huellas habitadas. No está solo el mundo, sino que lo ocupa el hombre. Tiene sentido su extensión y cuanto la cubre, las estrellas, los animales, el árbol. Hay que detenerse, una de esas noches plenas, para mover el rostro hacia el cielo: aquella constelación, aquel planeta solitario, toda esta materia sinfónica que vibra, ordenada y rigurosa, ¿tendría algún significado si no hubiesen ojos para mirarla, ojos, simplemente ojos de animal o de hombre, desde cualquier punto, desde aquí o desde Urano? Se abandona la vida y una esperanza, un júbilo secreto dice palabras, nociones universales: esto de hoy, la muerte, una eternidad...... Existo y me lo comunican mi cuerpo y mi espíritu, que van a dejar de existir; he participado del milagro indecible, he pertenecido. Fuí parte y factor, y el vivir otorgóme una dignidad inmaculada, semejante a la que puede tener la estrella, el mar o la nebulosa. Si tarde lo entiendo, este minuto en que se me ha revelado es lo más solemne y lo más grande; inclino la cabeza sobre mi pecho: mi corazón es una bandera purísima.

Un grupo de zopilotes, desde la altura, giraba tercamente, atraído por el olor de carroña que se desprendía del cuerpo de Chonita. Descenderían aquellos zopilotes de manera fatal, animales ruines en espera de la impotencia del hombre, aún antes de que los náufragos murieran. Entonces, sin fuerzas para combatir, aquellos seres desamparados dejaríanse roer las entrañas lentamente, sin voluntad que oponer, Prometeos perdidos.

Era un grupo heroico, valiente, el que formaban Cecilia, Ursulo, Calixto y Marcela, junto al cadáver. Cecilia delgadísima, miserable, vieja, herida y como loca, los labios grises, Calixto tenaz, sobreviviéndose; Marcela apacible, como una madre colectiva; Ursulo en derrota.

Sin duda el más fuerte era Calixto. Había llegado a la región algunos años antes, a raíz de inaugurarse el Sistema de Riego. Era Calixto alto, de hombros estrechos y delgado rostro. Duro, sin belleza, las manos grandes, huesudas. Sus ojos tenían algo de particular y desagradable, fijos, hundidos y muertos, como si se tratara de ojos artificiales, ojos de vidrio, consistentes, opacos.

Una vez el general Villa depuso en definitiva las armas y fuese a vivir a su hacienda de Canutillo. Entonces la División del Norte fué licenciada; unos pasaron a formar parte del Ejército y otros regresaron a sus hogares. Calixto fué de los últimos, aunque no tenía hogar.

El coronel los arengó:

—......Así es que, hijitos, el que quiera seguir en el Ejército que lo diga, y el que no quiera que gane para su casa......

Calixtó **ganó** con el dinero que había obtenido en la lucha: aproximadamente diez mil pesos en joyas, él, un subteniente.

No se olvidaba de cómo obtuvo las joyas.

Fué una madrugada fría, impenetrable. La piel de los caballos estremecíase en sacudidas nerviosas y el cerrojo de las carabinas, helado, lastimaba las manos. Había sido preciso envolver las pezuñas de los caballos en costales con paja, para no hacer ruido, y entonces el rumor era sordo, reptante, como si caminaran encima de gigantescos saurios. Aquí un guerrillero; allá otro, maldiciendo en voz baja.

Más impresionante que todo, hasta en reali-

dad sentir el miedo, un ataque por sorpresa
como iban a hacerlo esa madrugada: el combate franco es distinto, aunque también ahí sién-
tase el miedo. Y ocurre así: primero es un
cambio en la voz; ya no es la misma, sino
ligeramente ajena: se la oye como desde otro
lugar y maravilla, extraña, cómo empieza a
penetrar dentro del sér, otro, ignorado, que
quién sabe de qué es capaz. Repite uno la
palabra: "¡Carajo!", y sí, en efecto, otra garganta, otra voz. Sobreviene entonces la in-
conciencia, tan especial, que el espíritu crítico
se independiza y puede uno ir junto a su
cuerpo, mirándose correr, loco, frío, colérico.
perdido.

Pero en las tinieblas meterse por sorpresa a
una ciudad, linda con la angustia. Hay que
defenderse de las tinieblas, donde se encuentra un enemigo respirando; ahí un rostro que
no se ve; un hombre que apunta con el cañón frío de su carabina; una legión silenciosa, obstinada, diríase con cuerpos ilímites.

En aquella noche ocurría algo semejante a
cuando, en cierta ocasión, el jefe de la columna dispuso cruzárase una cañada. Día
espléndido ese, preciso y quieto. A veces, sin
propósito alguno, el viento despacioso inclinaba la yerba para que todo, después, quedase
mejor, lleno de justa armonía. Pero adelante
los dos cerros formando la cañada, estable-
cían su enigma: lo inesperado, lo incompren-

sible de si la muerte aguardaba ahí. ¿No podría estar el enemigo silencioso y paciente en espera de la columna?

¿Y ahora, ahí, entre las casas, no, también?

Las voces, en cada uno, empezaron a tornarse ajenas, en efecto, y una sensación de flojedad daba cierto abandono al cuerpo, cierta inexistencia a los miembros, borrosos e impersonales.

Al asaltar la ciudad, una incertidumbre y luego cierta prisa, un deseo de que todo ocurriera de una vez, se apoderó de todos.

Tienen olor, las ciudades, y se las presiente cómo están llenas de cuerpos dormidos, de familias, y todo ese latir se eleva por el aire.

Extendíase ésta ahí, negra como un manchón más definido en medio de las sombras.

Calixto pensaba: "Llegaré con ocho hombres; si encuentro resistencia, derrumbamos la puerta."

Estuvo ahí a los ocho o diez años de edad —un chiquillo—, pero acordábase aún del gran gabinete pesado y obscuro. Aunque quizá no fuese tan grande y agrandáranlo, como ocurre, los ojos del recuerdo. Por ejemplo, cuando volvió a ver el patio de la hacienda, se trataba, tan sólo, de un pequeño patio, con su arbolito menudo, tristón. Pero antes era inmenso como la tierra y ascender al árbol significaba toda una aventura. En el gabinete una mesa de paño rojo, tornasolado ya por la vejez, cojeaba, resintiéndose, bailando al peso de los ademanes de don Melchor.

Hízole don Melchor interminable cantidad de preguntas: ¿cuántos años tienes?, ¿cómo te llamas?, ¿sabes leer?, ¿quién te recomienda?, ¿sabes trabajar?, ¿eres huérfano?, ¿eres de aquí?, ¿quiénes fueron tus padres?, a las que, como pudo, respondió Calixto. Después lo mandaron a la hacienda, como peoncito. Y entonces el patio sí era grande.

El sombrío gabinete mostraba su moblaje antiguo, macizo, que parecía tener la virtud de condensar, multiplicar, su gravitación, sujetándose al piso con verdadero empeño, como con raíces extraordinarias: sillas altas, cual para sacerdotes o prelados solemnes, junto al librero herrumbroso.

Pendiendo del techo, una araña de cristal parecía moverse imperceptiblemente: grande, majestuosa, pero como si se balanceara un milímetro para regresar a su postura, y luego otra vez. Calixto fijaba sus azorados ojos para sorprender aquello y encogíase temiendo un desplome. ¿Era una ilusión? Mirando con fijeza, de pronto sí, movíase leve, pausadamente.

iras? —lo despertó el grito

ixto inclinó la cabeza, pero
do que, sin duda, la araña
ronto iba a caer aplastán-
dia.

dro, en la pared, con su se-
ntro, y aquellos ojos suyos
brillando, vivos aún, daba
o, ese aire de inmensa, des-
música. Era una señora
terciopelo negro al cuello
diminutas, pequeñísimas
vez para halagar a la da-
voto, con cierres de metal.
música el gabinete, a causa
esvencijada y a causa, asi-
rta gracia que había que-
descuido.

rogatorio penetró un hom-
s brillaron insolentemente
, a Calixto. Inclinóse con
gran ceremonia colocando unos papeles sobre
la mesa. Don Melchor se irguió, ceremonioso
a su vez:

—¡Señor licenciado!

Si se desprendiera la araña, caería justamente sobre la cabeza del señor licenciado.
Calixto retiróse a un extremo, junto a las sillas
sacerdotales y entonces pudo ver un espectácu-

lo lleno de esplendor, que parecía un sueño
don Melchor, de espaldas al visitante, abrió
el gran armario sacando una bolsa repleta de
monedas. Después, por toda la estancia, como
una resurrección, como si nada de ahí fuese
viejo o empolvado, sino joven, fuerte, prome-
tedor, un sonido de campanillas dejóse oír
saliendo de las monedas de oro.

Esto fué inolvidable y ahora que se trataba
de entrar a saco en la ciudad, Calixto volvía
a representarse el sonido aquel de las campanillas.

Con ocho hombres llegaría hasta la casa
para abrir la solemne puerta antigua, tallada
con bárbara y varonil tosquedad.

Encontrábanse a dos pasos de la población.
En las tinieblas un capitán primero se aproximó hasta Calixto:

—Ya llegamos —dijo con voz queda y
sombría— tú entras con tu gente por tal lado...... Entren disparando al aire, pero al que
jallen lo afusilan luego luego......

Un temor, una interrogante silenciosa dejábase sentir por todas partes. Hay algo siempre que no se puede prever, como el que un
caballo relinche, y entonces todo cae por
tierra. Y así mil detalles menores en los que
se piensa con una inquietud, con un desasosiego.

Los villistas entraron a la ciudad disparando a diestra y siniestra.

Es decir, una ciudad obscura. Las balas, al azar, producían rumores diferentes: ora un silbido, ora una detonación hueca y siempre el pequeño relámpago sin luz.

Es decir, una selva en la noche, con aves sonámbulas que chillan y aletean. Aleteaban los caballos, inválidos centauros, con miedo ante el enigma, retrocediendo.

Luego la pequeñísima luz de los cigarros:

—¡No fumen, chingao, que los blanquean!

Un humo sedante, sobrenatural, que importaba tanto como la mujer o como la vida.

Acaso alguien cayera, a los disparos, del otro lado. ¿Pero dónde ese otro lado?

Bronca —él tendría miedo y estaría su rostro pálido— escuchóse la voz de Calixto:

—¡Aquí es!

Las ancas de los caballos parecían como la parte más redonda —móvil y humana—, de las tinieblas, en haz frente a la puerta.

Desmontaron Calixto y sus hombres.

—¡Sí, aquí es......!

La misma puerta tallada con vigor, con eternidad.

Palpó Calixto a uno y otro lado los tritones gemelos, con aquella faz vigorosa que tenían, los ojos de furia, el continente majestuoso y digno. Era aquella la casa, sin duda.

—¡Abran! —golpeó.

Pero sus hombres, con insospechada diligencia eran dueños ya de una viga a guisa de catapulta.

—¡Abranle a la Revolución!

Derribóse la puerta con estrépito y por no dejar se escucharon algunos tiros disparados al aire. Entonces los hombres rompieron aquel silencio que les pesaba tanto y gritos confusos, interjecciones, **mentadas,** salían descansadamente, como si ahora respiraran ya.

—¡Eh, tú, tráete una luz!

El hachón iluminó junto al pilar grave de la arcada, el cuerpo de una mujer que intentaba ocultarse. En cuanto pudo ver los rostros aquellos, decididos, de mandíbulas bárbaras, empezó a sollozar:

—¡No me maten......! —llevándose las manos al pecho.

Era una anciana deplorable, aterrorizada. En su torno el hachón dibujaba un círculo irregular, alumbrando las baldosas. Más lejos presentíase el patio, grande, solitario.

—¡Llévame al gabinete del patrón, abuelita!
—dijo Calixto, como con ternura.

Cuando la mujer ya se erguía, mirando a uno y otro lado, Calixto la tomó del pecho bruscamente, para introducirle la mano por entre el corpiño. Ahí dentro, entre los fríos, blandísimos senos de la vieja, estaba una bolsa. Sobre la palma de la mano experimentó Calixto el contacto de la carne fea, mientras en los dedos algo diferente en absoluto, duro, como cubierto de arena, le hería el tacto. "Es una bolsa de chaquira," se dijo, pero sin dejar de pensar en los senos de la mujer y experimentando viva repugnancia hacia cierta inopinada analogía, ahí de pronto, tal si fueran los mismos de su madre, aquellos que palpaba.

—¡Vieja jija de un tal! —exclamó con ira.

Veinte pesos bien contados, en monedas de oro, traía consigo la anciana.

—¡Anda, llévame al gabinete del patrón!

La mujer no decía palabra. Mataríanla después, de un tiro, imaginóse. Tal era, sin duda, el designio de Dios: morir de un balazo y sin ninguna plegaria: tinieblas solamente. Mil recuerdos vertiginosos hervían en su mente, pero esto de hoy, que ante su vista pasaba, era lento y como que no iba a terminar.

—¡Quédense aquí! —ordenó Calixto a sus hombres después de haber repartido entre ellos las monedas.

La vieja caminó con grandes trabajos hasta el gabinete, seguida por Calixto.

No, ya no era tan grande el gabinete y hasta la araña de cristal aparecía mezquina. Por sobre el armario, fijo a la pared, aún encontrábase ahí el retrato de la dama con sus ojos extraños. Trataríase probablemente de la abuela o la madre de don Melchor, o quién sabe. Era gruesa, apacible, maligna; la sotabarba, apenas contenida por la gola de terciopelo, le daba cierto toque masculino, y los opacos fulgores del rostro, anhelantes, en las mejillas con remota huella de sensualidad y juventud, constituían indicio cierto de los críticos y amargos cuarenta años. Pero dos cosas opuestas, las manos y los ojos, contrariando la apariencia vulgar del conjunto, infundían como cierta repugnancia al sólo examinárseles. Si el busto esférico, los hombros gordezuelos, el cuello breve y blanquísimo, la frente estrecha, eran como cualesquiera otros, impersonales y por otra parte comunes a las señoras de la época, las manos, por el contrario, tenían algo de particular y desagradable, falto de franqueza. Manos simuladoras, beatas, hechas a la blanda, calientita elaboración del chocolate o las galletas para el cura. Es decir, castas manecitas libidinosas, en don-

de el pintor, al trasladarlas al lienzo, puso lo
único de genio que tendría. Los ojos por su
parte, miopes y blancos, completaban la visión ahí, con los párpados y las ojeras, calculando, y si bien el reclinatorio o púlpito
—en todo caso algo sagrado—, que servía
de fondo a la figura, había sido pintado para
darle dignidad y devoción, los ojos replicaban
con su velada audacia en bien logrado contrapunto con todo lo demás.

Calixto no pudo menos que detenerse para
observar aquello que ahora promovíale pensamientos tan diversos a los de la primera
vez. Ya no el miedo, ni aquella sensación
de distancia y antigüedad; hoy algo insólito,
como si la fuerza y el señorío que antes par-
tieran del retrato, se hubiesen trasladado a
él. Una sonrisa dibujóse en su rostro.

—¡Al diablo! —pensó.

Cierta imprevista rabia se iba apoderando
de él, torvamente. Sabíase de pronto un sér
libre, poderoso y dueño. Estuvo tan sometido
antes, que el descubrimiento de aquella capacidad suya, de aquella nueva condición, le
producía una mezcla extraña, hecha de júbilo
y odio. Trepóse sobre el armario para bajar
el retrato.

La dama, la señora, abuela o madre o tía de
don Melchor, desde el óleo de sus ojos, tác-
tiles ya de cerca, miró con rabia a Calixto.

Resucitaba de súbito, iracunda y viva, con las pequeñas manos odiosas. El busto mil ochocientos parecía agitarse sacudido por la indignación.

Calixto sacó su paliacate rojo y limpió meticulosamente el cuadro. Después, con su cuchillo, rebanó el gordezuelo, albo cuello de la dama.

La vieja sirviente, ahí cerca, hipando, miró con ojos compasivos el retrato.

—¡Vete! —gritó Calixto.

En ese instante Calixto podía intentarlo todo y su corazón corría sin freno. De un golpe rompió la puerta del armario. Temblaban sus manos al tocar la pequeña caja de ébano. Mostrábanse, sobre la cubierta, dos espadas en cruz. Dos espadas que se advertían con el tacto pues Calixto estaba ciego, caminando a ciegas en un mundo bajo su dominio directo, pero mundo rodeado por el abismo.

Nunca había visto tantas joyas reunidas como cuando abrió la caja: una pequeña montaña de todos colores elevóse sobre la mesa. Veinte o veinticinco **aztecas** levantaron su fino polvo al caer sobre la superficie.

El corazón de Calixto latía con una fuerza irregular, ora febrilmente, ora con lentitud angustiosa. Huír. Huír. Era preciso huír. Que la Revolución cesara y se estableciese un orden eterno, sin más revoluciones, sin más inquietud, sin acechanza alguna. Necesitaba del silencio; un silencio sedante; así, del silencio como se puede necesitar del agua. ¿Y por qué ese corazón suyo latiendo, de pronto como en un vértigo y luego sonámbulo, hasta detenerse casi, una vez hoy y otra mañana? Seguridad, apoyo, protección: que lo dejaran correr con las joyas, con el oro, e ir a esconderse en un sitio abrigado, pues de otra suerte mañana mismo una legión sucia, lastimera, pediríale socorro como si él tuviese una fortuna entre las manos.

El odio se apoderó de su alma. Aborrecía a los que, merced a este milagro de las joyas, ya no eran sus iguales; a los descalzos, a los desnudos. Que murieran; que desaparecieran.

Tocóse la frente bañada en sudor y una obscuridad se hizo ante su vista. Estaba débil, frágil como un arbusto sacudido por la lluvia. Se apoyó en la mesa para no caer, pero una mano prieta, ruda se interpuso tomando entre sus dedos una joya.

Calixto volvió el rostro con terror. Ahí estaba uno de sus hombres, que habría entrado sin dejarse sentir, el gran sombrero echado hacia atrás con la cara ingenua, embobada, sonriente. No había malicia en aquel hombre. En efecto le maravillaba la joya, como si se tratáse de un juguete prodigioso, sin más valor, y reía mostrando los grandes y hermosos dientes campesinos.

Quién sabe por qué Calixto dirigió sus miradas a los pies del hombre. Iba calzado con huaraches y veíansele conmovedores, humildísimos, deformes como eran, ligados a la tierra.

Calixto echó mano a su pistola.

El hombre continuó sonriendo.

—¡Ah, que mi jefe —dijo, incrédulo—, a poco me va a matar......

Apenas pudo terminar la frase porque Calixto, ciego, disparó.

El rostro del hombre, no obstante muerto conservaba aquel aire de sorpresa, de incredulidad, de saberse mezclado en una broma inocente.

Meses terribles aquellos que aún restaron a partir de ese día, que hasta llegó a enfermar Calixto de delirio persecutorio. Dormíase con la bolsa de las joyas junto a sí y oprimiendo su revólver.

Buscaba la ocasión de desertar hasta que, por feliz coincidencia, anuncióse el licenciamiento de la División del Norte.

—Ha terminado la Revolución —dijo el coronel—, ahora cada quien, con lo que haiga ganado, puede irse para su casa, o redactar un oficio a la Secretaría de Guerra para que lo reconozcan y siga en el Ejército. ¡Viva mi general Francisco Villa!

—¡Vivaaaa! —respondió la masa.

Encontrábanse desconcertados. ¡Que aquello terminara parecía tan difícil! ¿Qué hacer ahora? No en vano transcurren diez años de caos, de desorden, de libertinaje. Ellos hubiesen querido que continuara todo otra vez como siempre, con las montañas y llanuras otra vez, con los balazos, con el temor, con la sensualidad ruda y estremecedora de la muerte. Un poder como abismo se les había revelado, grandioso e inalineable. Era un poder tentador y primitivo que de pronto estaba en la sangre, girando con su veneno. Lo habían perdido en los obscuros tiempos de la persecución y la paz porfirianas para ganarlo hoy nuevamente en la sangrienta lucha. Sólo dioses lo poseían pues era el divino y demoníaco de arrebatar la vida, y si los antepasados practicábanlo con tal solemnidad y tal unción, era, justamente, porque aspiraban a compartir los atributos de la divinidad. He aquí que aquello mecánico e inteligente, tan parecido a un sexo, la pistola, habíaseles incorporado al organismo, al corazón. Después de esto resultaba imposible que se considerasen inferiores, capaces ya, como eran, de matar. Como un sexo que eyaculase muerte. Algo misterioso, ignorado, que podía estar junto o lejos, ahora en este día o mañana, o dentro de algunos años, existía sometido a este poder de que eran dueños. Podrían matar.

¿Pero cómo y por qué la Revolución terminaba?

El indudable coronel, presente ahí, repetíalo:

—El que quiera irse a su casa......

Las soldaderas sí tenían curiosidad, interés, en la nueva perspectiva. Con aire respetuoso escuchaban las palabras.

La mayor parte de la unidad villista decidió permanecer en el Ejército. Sólo un guerrillero alto, fuerte, se desprendió de las filas:

—Mi coronel —dijo—, yo quisiera trabajar alguna tierrita, pero, ¿dónde la hallo?

El coronel se sorprendió:

—¡Hombre! No había pensado en eso...... Pero agarra la que encuentres, ya después se verá......

Las soldaderas bisbisearon entre sí, formando un grupo aparte, con sus canastas y sus rebozos. Les interesaba el problema: hubiesen querido que todos sus hombres, mejor, se fueran a labrar la tierra. Pero tierra suya, aunque fuera de esa agarrada por ahí.

—¿Y luego que hago si me reclaman? —preguntó el hombre fornido.

Encogióse de hombros el coronel.

—¿Cómo "y luego"? ¿Pues pa'qué tienes la carabina?

La fila de guerrilleros festejó a carcajadas la ocurrencia.

Calixto, en compañía de otros cinco ex-villistas, tomó un tren militar rumbo a México.

Por primera vez, después de mucho tiempo, contemplaba el paisaje de la patria y una sonrisa extraña, tierna, imprimió cierta dulzura a su feo semblante.

Primero el paisaje hosco, desconsolado, de ciertas partes de San Luis Potosí. Tierras vacías, como si por encima de ellas un terremoto sin nombre hubiese dejado huella inmóvil. ¿Tendría habitantes la tierra de México, ancha, larga o nada, nada, solitaria, su honda superficie triste? He aquí, un campesino junto a la vía del ferrocarril. No hace un movimiento, no saluda, no sonríe, antes bien embóscase entre las altas mantas para que nadie lo advierta. ¿A qué mundo extraño pertenece? ¿Cuál es su corazón? En el pequeño pueblo mujeres flacas, tercas, obsesivas, ofrecen al viajero algún trozo de cecina. Lo venderían en veinte centavos pero aceptan final-

mente cinco. Y todo en medio de un paisaje
de tierra gris, con casuchas miserables de donde lento, elévase el humo azul de la leña.

Adelante aguardan las montañas, la fuerza
pura del país. Impone su masa solemne y
bestial donde el olfato se nutre de aromado
ruido y de resina. Deshabitadas montañas
del coyote, del perro salvaje, del jabalí pesado
y pensativo, del tigrillo furioso, de la en-
loquecida paloma, del indio animal. Por sus
riscos, por sus veredas imperceptibles, hermá-
nánse las plantas, aquella del hombre, herida
y desnuda y ésta sigilosa de la serpiente, en
el mismo camino, en el mismo destino. ¡México profundo, sin superficie de tan interior,
subterráneo y lleno de lágrimas desconoci-
das!

Más tarde es el Valle, respirativo, sosegado.
Sus pirámides presiden todo, pues aún no
próximas ni vistas, se advierten, se presienten.
Fueron colocadas ahí, religiosamente, y entonces llénase el Valle de sabiduría y óyese el
golpe del cincel sobre la piedra y la acuática
sangre del ídolo. Oyense las pirámides cómo
caminan mientras los lagos se levantan llenos
de pájaros como un cielo terrestre, horizontal.
Es un ídolo dormido, la escultura de un sueño, el Valle claro. Acolman, Tepexpan, Xo-
metla, donde los cactus tienen una condición
alada. He aquí las pirámides esparciendo su
polvo en la hora del crepúsculo, transparente

piedra. Se oyen y en el fondo de los ojos emerge su remota atmósfera, su ancho estar posadas en la gracia inmaculada del aire.

De pronto cesa el campo y un empeño de ciudad nutrida de chiquillos ventrudos, patios, postes, barro, tendederos, mendigos, sobre- viene.

La estación estaba llena de soldados, ho- gueras y mujeres revolucionarias que veían sin embozo a los viajeros, cuando llegó Calixto.

Descendió para irse a hospedar en un cuar- to de hotel cercano.

¡Esta era la ciudad de México, polvorienta, de pequeños edificios y rectas calles, con sus cocheros desgarbados y sus vertiginosos, in- sensatos automóviles Ford!

Dioses y centauros de espuma al Sur, al Norte, hacia todos los puntos cardinales del cielo: presiden la ciudad esas nubes extraor- dinarias, ora en un carro gladiatorio que tiran corceles con destellos de oro, al Poniente; ora en columnas espesas de un templo arbitrario y rotundo, junto a los Volcanes: el griego lanzador del disco, sólo brazo robusto sobre el anciano y calcinado Lago de Texcoco, cerca del muslo moreno del flechador indígena por el lado de los cerros de Santa Clara. Nubes violentas, sin flaquezas de tarjeta postal; nu- bes donde no son posibles filigranas: crecen con su vigor y establecidas sobre México, danle el tono aéreo, súbitamente celestial que tiene.

Mientras fregaba el piso del hotel, La Calixta observó al que iba a ser su marido, cómo con pasos torpes se introdujo en la oficina.

Continuaría observándolo de ahí en adelante, con atención más detenida, sorprendiéndose de los ojos aquellos de Calixto, artificiales, como en la cabeza de un animal disecado. (Cuando más tarde se le aproximaban encima del rostro, haciéndole penetrar un frío vago, de miedo, ella no resistía la fuerza animal, abandonándose sin lucha).

El administrador del hotel —Hotel "Continental," cuartos estrechos y encerrados, bacinica y un espejo horribles—, mantenía a La Calixta como su concubina. Era un hombre de estatura regular, ojos vivaces, prevenidos, y conducta ruin. Por las noches en su hotel alojábanse las prostitutas, a las que, por cada cliente, cobrábales cincuenta centavos de tributo. Lo extraño, que las prostitutas consideraban al sujeto como su bienhechor, tan sólo porque no las denunciaba a la policía.

La Calixta diariamente era golpeada por el administrador, aún sin motivo. Era preciso pegarle, según él, ya que la mujer es de condición estúpida y sólo a golpes se maneja. Aceptaba ella los golpes con docilidad, exagerando siempre el dolor que le causaban.

Aquella vez observó a Calixto cuando, seguido por un hombre de traje negro, penetraron ambos al cuarto del hotel. La puerta quedó a medio cerrar y Calixta pudo oír parte de la conversación.

——......es un buen lote ——decía la voz del extraño.

Las voces se redujeron y a pesar de sus esfuerzos La Calixta no logró escuchar. Pero luego:

——......sólo en los Estados Unidos, aquí resultaría peligroso......

Un misterio extraño desenvolvíase ahí ¡Los Estados Unidos! La Calixta había oído hablar de ese remoto país, blanco, dorado. De pronto aquella mención era como estar en un puerto, a la orilla del muelle. El mar tendía un camino y un refugio, con sus estelas. Calixto cobró un sentido nuevo ante los ojos de la mujer. Si él quisiera, podría libertarla, llevársela muy lejos. Mucho, muy lejos, a los Estados Unidos.

No se escucharon más palabras y a poco el hombre abandonó el cuarto.

Como quedara la puerta abierta, aproximóse Calixta hasta el umbral. Ahí, volviéndole las espaldas. Calixto se inclinaba sobre la mesita de noche. De súbito, adivinando la presencia extraña, giró bruscamente.

Se miraron sin decir palabra, atónitos ambos por quién sabe qué razón, hasta que La Calixta, impulsada por algo desconocido, de pronto púsose a llorar narrando las angustias y sufrimientos que padecía ahí en el hotel.

—¡Lléveme con usted —suplicó— oí que se va para los Estados Unidos! Yo se que usted me pegará menos......

Estaba acostumbrada a los golpes y no podía concebir que los hombres dejasen de pegarle a sus mujeres. "Usted me pegará menos." Tan sólo pedía un poco de menos rigor, de menos brutalidad, adivinando que Calixto. en el peor de los casos, resultaría más comprensivo que los otros. Suplicó entonces con insistencia y con lágrimas.

Convencióse Calixto tan sólo por aquella frase: "Usted me pegará menos."

No anduvo tan equivocada La Calixta. Su marido la emprendía a golpes con ella sólo de vez en cuando y particularmente cuando estaba borracho.

Empero ella recordó siempre una paliza descomunal, donde por poco muere.

Por la mañana de ese día, el hombre vestido de negro y que ya antes había estado con Calixto en el Hotel Continental, presentóse a la casa, reservado y cauto, como siempre. Calixto y su mujer vivían en Ciudad Juárez.

Como en la primera ocasión La Calixta procuró escuchar todo:

—......el cliente que tengo no quiere venir —oíase la voz, por quién sabe qué razones ronca, como febril y apresurada—, dice que yo le lleve las joyas......

Un silencio siguió a estas palabras. A través de él advertíase el rostro ceñudo y dubitativo de Calixto.

—No —dijo rotundo—. Eso no puede ser. Que venga.

En caso de que el cliente aceptase tratar ahí, Calixto ya tenía pensados todos sus planes. Observaría desde el otro lado de la puerta, pues de ninguna manera estaba dispuesto a que lo engañaran entre el corredor de joyas y su pretendido cliente. Detrás de la puerta, con la pistola en la mano, entraría justo en el instante de observar cualquier signo sospechoso, para confusión y castigo de quienes pretendieran robarlo.

—No puede ser —repitió.

¿Pues cómo iba a ser que el corredor se llevara las joyas así no más?

Se hizo un pesado silencio.

—Bueno, don Calixto —repuso el corredor, con entonación colérica—, nada se ha perdido...... A ver si en otra ocasión......

Abandonó la casa el hombre y Calixta pudo observar en su rostro un gesto raro, extremadamente iracundo y resuelto.

Calixto había concertado la venta de las joyas y para eso trasladóse a la frontera. Se trataba de una operación delicada, donde Calixto no figuraría sino como una sombra, atrás del "corredor."

Al abandonar la capital de México se llevó consigo a La Calixta. Necesitaba mujer.

Propiamente La Calixta no era fea, con su rostro oval, alargado, y aquel cabello negro y liso. Quizá también antes de que los malos tratos y el sufrimiento la embrutecieran, habría sido inteligente, despierta. Pero ahora tenía un rostro obstinado y cuando se la interrogaba por cualquier cosa, meditaba lenta y porfiadamente, sin responder con prontitud, así tratárase de lo más sencillo.

Calixto observó aquel mentón agudo y no desprovisto de gracia, pero lo que más le atrajo fueron los aires de extravío de que daba muestras la mujer. Una aprensión, un afán de refugio, que la hacían materia definitivamente sumisa ante todo aquel capaz de trasmitirle su fuerza y su seguridad.

Junto a ella Calixto sentía como si a la corriente de su propia vida se le agregasen nuevas aguas, dóciles y fortalecedoras.

Se fué con ella hasta la frontera explicán-

dole en términos muy vagos el objeto del viaje, cosa por demás innecesaria pues La Calixta era incapaz de una curiosidad profunda,
indolente como era, ocupada en asuntos de su
propio yo embargado por raras inquietudes.

En Ciudad Juárez aguardaba a Calixto el
corredor de joyas. Menudo, sonriente, hábil,
sagaz, trabó conocimiento con Calixto en México.

Era un hombre para quien ninguna época
de su vida como aquella de la Revolución, había sido tan espléndida. La Revolución eran
las joyas. Toda una sociedad amante de las
joyas, se derrumbaba y del edificio desprend-
díase la pedrería fantástica: amatistas, rubíes,
diamantes, perlas. Un régimen caduco, viejo, conservador, reaccionario, comienza por
acumular joyas y cuando por fin el pueblo
interviene con alguna revolución, esas joyas
aparecen poco a poco y de mano en mano
hasta llegar a las diligentes, blandas, amisto-
sas, comprensivas, cordiales de los hombres
como el corredor de Calixto.

En Eagle Pass tan sólo —había dicho el
corredor—, un cliente daba diez mil pesos por
el lote de joyas de Calixto, pero le era preciso
verlas.

No. Calixto negóse en redondo. No iba
a confiarlas cándidamente al corredor.

—Bueno, don Calixto —dijo el corredor.

Era un hombre pequeño, de obscuro traje y ademanes inmaculados.

Por la tarde Calixto se fué a la taberna y no regresó sino hasta muy entrada la noche y con una figura lamentable. Herido profundamente en la cabeza, sus cabellos, pegajosos y duros, adheríanse a las sienes mezclados con la sangre. Cubierto de barro por completo, vacilaba en la puerta como si fuera a caer, pero no sólo se mantuvo firme sino que, mudo y colérico, tomó una gran tranca para golpear a La Calixta y desquitar su cólera de tal manera. A los dos primeros golpes la hembra cayó, sin embargo de lo cual Calixto continuó pegándola sin misericordia. La habría matado a no ser porque él también cayó desvanecido.

Le habían robado las joyas, que siempre llevaba consigo en una bolsa cosida a los forros del pantalón. Calixto siempre creyó que fueron el corredor y su misterioso cliente.

"¿De qué me hubiesen servido las joyas en realidad —pensaba ahora—, si hoy comparezco ante la muerte y poco me falta para desaparecer?"

Los zopilotes giraban en torno de los náufragos.

"Ese zopilote —continuó Calixto fijándose en uno—, bajará sobre mi cabeza, ya lo veo."

De paso habría que decir la raíz de la palabra zopilote, compuesta de **tzotl,** basura y **pilotl,** acto de levantar o recoger.

Eran basura los náufragos, basura terrible:

> "Hacíamos de cuenta
> que fuimos basuras
> y que un remolino
> nos alevantó,
> y el mismo viento
> allá en las alturas,
> allá en las alturas
> nos aseparó......"

Canción escéptica, humilde, paráfrasis bárbara de aquel "polvo eres y en polvo te convertirás." ¡Náufragos de soledad y de destino! ¡Basura que vuela y se consume, combustible, pájaro, ala de pobre origen.

Ningún pueblo tan grande como aquellos cuatro náufragos heridos a un mismo tiempo por el rencor y la esperanza. Ahí estaban, vigilando su cadáver, su pequeña Chonita, su gran, su profunda muerte de basuras con ánima!

"Ya me echó el ojo —seguía Calixto— y no tarda en caerme, el maldito......"

Era un zopilote dentro del círculo pausado, armonioso y enemigo de los otros zopilotes.

Alto, primero, contemplando, descendían después y alguno de ellos, como éste, dejaba ver sus ojos inmóviles, atentos, de serpiente.

Un objeto negro, un madero, navegaba.

Un madero. Un barco.

Marcela dió un grito:

—¡Miren!

Navegaba lento, suave, al impulso de la brisa.

Detúvose ahí, frente a los náufragos. Un madero. Un trozo de árbol.

—¡Es Adán, es Adán!

Un barco, un muerto, Adán muerto con una cuchillada terrible en el cuello, limpiecita tras la oreja.

Todos volviéronse, pues aquello era inesperado. Pero entre todos, Ursulo era quien comprendía exclusivamente la presencia de Adán, el enemigo, muerto y vencido. Le dañaba, no obstante, verlo, como si fuese incapaz de resistir esa verdad, esa memoria.

Abrió Ursulo los ojos desmesuradamente, y una niebla empezó a apoderarse de su cerebro. "Adán, Adán, es Adán." Ahora recordaba al cura asestando la bestial puñalada y escondiendo después los ojos en la noche.

Quiso decir:

—Fué cuando Chonita murió y el cura, quién sabe por qué...... —pues parecía como si el crimen hubiese ocurrido mil años antes.

Mas iba a terminar otra vez el día y a sumergirse todo en la penumbra desoladora.

IX.

MUY despacio, a impulsos de la brisa ligera, navegaba. Iba pasando ante ellos como bajel de sombras, correo imposible.

Era el enemigo.

Ninguna piedad, ninguna misericordia podía moverlos para con él. Perseguidor implacable, hoy lo veían derrotado, en esta hora de náufragos. Deslizábanse el tórax y la cabeza, surgiendo del agua. La herida limpia, en el cuello, atrás de la oreja, era tan sólo una hendidura inocente, incruenta como pintada. Costaba trabajo imaginarse cómo podría ese cuerpo —descontando la terrible cara—, ser el de un cadáver: había en él cierta animación sobrenatural, como si no hubiese muerto del todo.

Adán: Ursulo lo imaginaba deteniéndose ante su presencia como ante un muelle preciso y obligado, bajel enemigo para que entonces, ahí junto a Chonita, resurrecto, fuese creciendo, lívida yedra sin barrera. Un golpe de alucinación absurda vibró en su mente: Adán saltaría ahora desde su propia caja corporal, estableciéndose sobre la azotea. Helo aquí ya como un vegetal zoológico; en la transición que hubo de los vegetales a los animales y cuando las ramas empezaron con su sensibilidad, capaces de odio o de amor o de locura.

Era Adán una yedra con pensamiento y con labios, desparramando su cuerpo sin cesar, mientras en las vértebras mezclábanse la savia y la sangre. Había crecido de tal manera, dueño ya de la bóveda celeste, que podría ser como un ojo visto desde dentro, desde la obscura caja cerebral, con sus membranas y sus rojas raíces en medio de unas voces que ahora llamaban a Ursulo: "¡Ursulo, Ursulo!" pero a las que no era posible darles un lugar en el espacio cuando un mapa de membranas y continentes amarillos, con islas que herían y microorganismos llenos de furia, se repetía dentro del cerebro, como en galope obscuro.

Resultaba tan extraña la sensación, que Ursulo no pudo menos que preguntarse si eso era morir, si eso era su propia muerte.

Había caído golpeando duramente con la cabeza mientras la sangre le llegaba como salpicaduras intermitentes al cerebro. "No puede ser, no quiero," insistió, aunque se sabía perdido y el primero que moriría de todos, desde que comprendió que Cecilia jamás le volvería a pertenecer, ni aún durante los últimos segundos de la vida.

Enfrente de él una mujer, dos mujeres se inclinaban sobre su cuerpo.

Cecilia observó cómo Ursulo entreabría los labios para pronunciar un nombre. De rodillas acariciábale la frente con un temor súbito de que aquel cuerpo se extinguiera.

—¡Déjalo! —exclamó Calixto al ver las atenciones de que Ursulo era objeto y colocándose de pronto en el papel de jefe —¡Déjalo! No podemos hacer nada.

Ella volvióse, fea, agonizante, para mirar a Calixto. Estaba tan próximo el fin de todos, que no pudo replicar, comprendiendo que así, como él ordenaba, estaba bien.

La respiración de Ursulo, extremadamente débil, parecía un soplo de niño enfermo.

—¿Sufrirá mucho? —preguntó Marcela sin obtener respuesta.

Las sombras se abatían por todos lados. Un extraño golpe de viento provocó un remolino dentro del cual giró Adán, meciéndose, para permanecer quieto después.

Adán, padre de Abel, padre de Caín, padre de los hombres.

Representaba mucho aquel cuerpo habitado por la muerte. No era un cuerpo ocasional, sino profundo; un proceso sombrío.

Un año antes le habían ofrecido a ese

Adán, a ese cuerpo entonces habitado, entonces con espíritu, entonces con llama, cien pesos por la muerte de Ursulo. Y ahora estaba ahí.

El ayudante del Gobernador estuvo en casa de Adán, aquella vez. Era un hombre robusto, alto, de ojos negros. Adornaban su dentadura —y en realidad no eran para otra cosa—, dos magníficos dientes de oro.

Adán en esos momentos cortábase las uñas de los pies con una gran navaja de cazador, después de que su mujer se los había lavado y aguardaba, quién sabe qué, a sus espaldas, en un rincón.

Sentado en el pequeño taburete, descalzo, veía sus dos extremidades con atención, limpias, morenas y de piel dura. En los talones una gruesa callosidad las preservaba y aunque anchas, los dedos abiertos, podían mantenerse dentro del zapato sin dolor. La curva del puente no tenía una elevación considerable lo cual hacía de los pies dos masas radicales, aplanadas.

Proyectóse la sombra del ayudante sobre ellos.

—¡Buenos días!

Adán no levantó la cabeza. Había reconocido la voz y sólo hasta momentos después volvióse, con lentitud.

—¿Qué tal? ¡Siéntese!

Eran unos ojos negros, muy inquietos, los de aquel hombre. Volvíanse de derecha a izquierda, examinando con rapidez todo, mas no por ello superficialmente, antes con pasmosa exactitud.

—¿Qué lo trae por aquí?—preguntó Adán, volviendo a su tarea.

El hombre vaciló un tanto.

—Nada más que saludarlo y ver qué nuevas hay......

Adán esbozó una sonrisa irónica.

—Pues ya ve: yo aquí cortándome las uñas......

Parecía de muy buena calidad la cazadora de gamuza que llevaba puesta el ayudante. Por envidiarla súbitamente, Adán sintióse incómodo y con cólera.

—¿Y qué? —preguntó con cierta insolencia, sin dejar de mirar hacia la cazadora— ¿dice algo mi general?

—Sí, sí dice algo...... —repuso el ayudante mirando con obstinación.

Ambos sabían qué era aquello que "decía" el general, pero acaso un resto de pudor o escrúpulo impedíanles hablar.

Adán púsose un par de calcetines verdes, permaneciendo así no más.

Parecían sus pies entonces como esos de las imágenes, en las pequeñas parroquias de pueblo, a quienes, de igual manera, no calza ninguna otra cosa que calcetines verdes o morados o color de rosa.

Observábanse los dos hombres abrigando los mismos pensamientos recíprocos de desprecio y miedo. Aquello debía concluir lo más pronto posible.

El enviado del Gobernador hizo girar hacia la izquierda el grueso cincho que le sujetaba los pantalones, para que, muy visible, la pistola cuarentaicinco recostárase en su muslo. Adán fingió no darle importancia al hecho, pero como con indiferencia tomó a su vez el machete, que pendía de un horcón, poniéndose a jugar.

—¡Pues mi general ya está cansado de lo que pasa por aquí, en el Sistema —dijo el ayudante—. Primero la agitación sembrada por José de Arcos, Revueltas, Salazar, García y demás comunistas. Luego ese líder, Natividad...... Y ahora otra vez......

Aquel era simplemente un prólogo. Nunca se le decía: "Queremos que mates a Fulano." Tan sólo alguna insinuación: "Fulano no nos gusta, no le gusta al general. Mira, aquí tienes este dinero."

En consecuencia, Adán iba al sitio, más tarde, y oprimía el llamador de su pistola.

Algo de rutinario había en las palabras del ayudante, que Adán se distrajo, pensando en otras cosas. En realidad aquel asunto de los comunistas no tuvo gran importancia, pues el papel de Adán limitóse a ponerlos presos y prestar su ayuda modesta para que fuesen enviados a las Islas Marías. Lo de Natividad, desde luego, fué más grave.

Tenía Natividad una sonrisa franca, ancha, magnífica. En su rostro quién sabe qué de atractivo prestábase a la cordialidad inmediata, ya fueran los ojos negros, vivísimos, o la frente serena y clara. Dos veces habló Adán con él. La segunda cuando ya tenía el propósito de darle muerte.

—Ahí viene —se dijo aquella segunda vez.

Aún no caía la tarde y más bien la luz, como sólida y viva, derramábase en medio de firme quietud. A lo largo de la mate pradera, mientras más lejos, las cosas destacábanse con mayor precisión. Un pequeño arbusto, a distancia, convertíase en árbol crecido y Natividad caminando era de una extraña estatura, justamente armónica y proporcionada.

Adán amartilló su revólver, previniéndolo.

Aquel encuentro tenía algo de imposible y resultaba difícil un movimiento tan sencillo como el de sacar la pistola de su funda.

—¿Qué hay, Adán? —sonó la voz robusta y confiada de Natividad.

Sesgóse Adán a un lado del camino. "Ahora, en cuanto se acerque," pensó, mas la pistola, junto a su cadera, constituía una entidad muerta e inútil.

Natividad se detuvo con las manos apoyadas en el cincho del pantalón, sin aspavientos, con los ojos alegres.

—Nunca podrás matarme —dijo rotundo y sin abandonar su sonrisa, pues conocía ya los propósitos de Adán.

Apretó éste los dientes, sin voluntad ni fuerza para agredir. Aún disparando, las balas no podrían tocar a este hombre, y aún tocándolo no le causarían daño alguno, potente como era y confiado.

Quién sabe por qué, Adán sintió que el razonamiento ese, con ser absurdo y sin lógica, era cierto. No podría matarlo y tan sólo por una serie de causas más allá de la voluntad.

—Otra vez será, hermano —replicó no obstante—, prevente y no andes solo......

Los ojos de Natividad ensombreciéronse por un segundo.

Una idea cruzóle en esos instantes por la mente, extendiendo sus alas negras.

—A menos que sea a traición...... —silbó como para sí.

Pero aquello fué obra de un instante. La sombra disipóse al punto y otra vez con la sonrisa en los labios Natividad prosiguió su camino.

Había un tono particular en la pradera, que Adán no sintió deseos de reemprender la marcha. La viveza del aire, su claridad, como que anunciaban un cambio en la vida. Tonos color de rosa y opalescentes se vertían con gracia en sucesivos escalones o mezclándose, y los rayos del sol eran finísimas agujas pictóricas. La figura de Natividad había desaparecido en la hondonada próxima y todo aquello, la luz purísima, ese otoño del día que es la tarde poco antes del crepúsculo, la frutal atmósfera madura, contribuyeron a que Adán experimentase con mayor fuerza la sensación de su fracaso.

No había podido hacer nada en contra de Natividad; la maciza pistola quedó inmóvil dentro de su sitio de cuero y ahora le resultaba del todo imposible olvidar la sonrisa de Natividad tanto como aquella frase agorera y entristecida. "A menos que sea a traición."

No le tenía miedo —pensaba para reconfortarse—, y hasta las palabras que le dijo: "Otra vez será, hermano, prevente y no andes solo," indicaban su disposición franca, sin embozos, de matarlo. Pero el problema —se le ocurría en contraste con los anteriores pensamientos——, no radicaba en la disposición interior que tuviese, sino en cómo serían las circunstancias concretas, vivas, absolutamente reales, en que le daría muerte. Ahora, después de haber visto a Natividad cara a cara y, sobre todo, después de haber fracasado en su intento de darle muerte, experimentaba una especie de vago terror, no por el peligro que entrañara, sino tan sólo porque tenía que habérselas con un espíritu vigoroso y lleno de fortaleza.

"A menos que sea a traición," oía nuevamente las palabras y no le era posible otra cosa que representarse el rostro de su futura víctima con el aire por un momento entristecido y la sonrisa melancólica.

"A traición," repitióse y un convencimiento sereno le hizo musitar de pronto:

—Sí, solamente así.

Reemprendió la marcha en sentido opuesto al que había tomado Natividad y de esta suerte, el sol, que ya comenzaba a caer, quedó a sus espaldas. Un fenómeno singular desarrollóse entonces ante su vista. Los rayos del sol, cayendo sobre las pequeñas y lejanas casas de enfrente, dábanles extraordinaria perfección y plasticidad, como si atrás de ellas fuese a nacer la aurora. De un golpe perdía el crepúsculo su sitio, y un amanecer increíble, en el lado opuesto a donde el sol caía, alteraba las nociones. Caminar con el sol a la espalda, era, paradójicamente, ir a su encuentro, y el hombre podía seguir este espejismo insensato, dirigiéndose, no a su salvación sino a las tinieblas; no al día sonoro y creador, sino a la noche del miedo y la ceguera, pero creyendo siempre ir en busca de la luz.

Adán caminaba sin apercibirse del engaño, confiadamente.

Aquel descubrimiento de que Natividad sólo podría ser muerto a traición, le sacudía el alma de manera profunda: su victoria radicaba en matar y no de manera alguna en la forma de matar, y si por algo mostróse con dudas en un principio y vencido, fué tan sólo porque durante un momento creyó que **era imposible** hacerle nada. Pero al descubrir que existía un medio, y que éste era la acechanza fría y traicionera, su espíritu llenóse de una calma alentadora y plena de afirmación.

¿Cómo no iba a creer, entonces, que tras de las casas, pese a la hora del crepúsculo, saldría el sol, un vespertino sol auroral, que elevaríase majestuoso y solitario, si su alma se encontraba plácida ya y dispuesta como nunca a cualquier prodigio?

Caminó con mayor brío pero algo le hizo mudar la dirección de su marcha: ahí en el puente encontrábase un grupo de hombres con los que no hubiese querido tropezar.

Cantaban una quejumbrosa melodía y sin advertir el viraje súbito de Adán, apenas a unos cuantos metros, continuaron con el arrastrar nostálgico de las notas que el dulce viento de la tarde hacía más largas y tristes.

Era la de ellos una cara severa y grave, pero al mismo tiempo llena de confianza. Aglomerados sobre un tractor que interceptaba el puente, salíales al rostro la convicción profunda de su importancia y su papel. Detenidos ahí con su empeño, eran la representación de la fuerza y de la voluntad colectivas: únicamente ese simple hecho de estar inmóviles bajo la roja bandera significaba la paralización absoluta de todo el trabajo en el Sistema de Riego. Otros grupos iguales, con un igual tractor —Fordson pesado, animal y rítmico— en cada puente, sobre los drenes y los canales, constituían la red precisa de la huelga general que había estallado un mes antes. El Sistema, en efecto, hallábase aprisionado dentro de las metálicas, duras mallas de la red y la tierra reseca, sin la mano del hombre, comenzaba a blanquear mientras las incipientes matas de algodón perecían rodeadas de cenizas.

El desagradable encuentro con estos hombres transformó por completo las emociones de Adán. Ahora un descontento y una angustia apoderábanse de su sér. Las sombras del crepúsculo iban cayendo poco a poco, como hojas de un árbol celeste, en su derredor, y esto influía depresivamente sobre él. Luchaba como contra un muro, pues era un muro todo esto, con la multitud ciega y terca que parecía inmortal.

Advertía Adán que entre todo contra lo cual luchaba, algo, contrario, no sería vencido nunca. ¿Qué? No era capaz de responderse, pero sin duda la presencia de los huelguistas originó en su espíritu la pregunta y el desasosiego que lo embargaban "¿Qué?— pensaba "Mato a Natividad hoy por la noche o mañana. Pero después será como si Natividad siguiera viviendo. Se me encargará que mate al que sigue y después al otro......"

Cuando se trató de la muerte de Ursulo y Adán pudo observar el rostro del ayudante, sus ojos negros y prevenidos, sus dientes de oro y oír las palabras aquellas de "el general ya está cansado de lo que pasa por aquí......", no pudo menos que entrecerrar los ojos como haciendo un esfuerzo por recordar alguna cosa largamente olvidada. "Bien— pensó rigurosamente —ya pasó lo de Natividad, pero es como si Natividad siguiera viviendo......"

Razonaba así no porque le repugnara el cometer nuevos crímenes, sino porque aún no llegaba aquel que le daría la victoria, la sensación firme, cabal, segura, del poder, de la superioridad. "¿A quién le irá a tocar hoy?", interrogóse, no obstante. Quizá fuera, ese homicidio próximo, el de la libertad; el que, por fin, le diera la proporción justa e inasequible a la cual ansiaba llegar. Poseído de pronto por un interés ardiente inclinóse hacia el enviado del Gobernador en espera de sus palabras.

El ayudante miró en su torno con los mismos ojos llenos de recelo.

—Se trata de un tal Ursulo —silbó.

Adán, pese a que conocía muy bien a Ursulo, no pudo, por más esfuerzos que hizo, recordar su figura, su rostro. La mujer de Ursulo estaba recién parida y este hecho le hizo experimentar una vaga molestia que contribuyó, por otra parte, a que Ursulo le apareciese aún más nebuloso, como si a lo sumo apenas lo hubiera visto en sueños.

Ursulo era dueño de unas quince hectáreas de tierra. Ya lo veía caer y a Cecilia, como cuando lo de Natividad, corriendo con el cabello suelto. Procuró sentir odio pero tan sólo lograba reacciones turbias, de descontento y fastidio. No obstante había cierto interés: por ejemplo, si el hombre era capaz de gritar, o de alguna otra cosa. En palabras distintas, el enigma eterno de conocer cómo responde el sér humano frente a la muerte, hecho tentador, magnífico y que atrae con poder inaudito.

—Está bien —replicó.

El ayudante puso cincuenta pesos sobre la silla.

—Los otros cincuenta —dijo— para después......

Con el cabello suelto, como una banda inmensa que el viento hiciera larga, infinita. Cecilia correría otra vez, como cuando la muerte de Natividad, sin sentido, con los ojos en llamas. A ella habría que matarla también para que Adán se erigiese como el hijo único, unigénito, solitario y terrible.

Apoderóse de él nuevamente ese vértigo abismal al que ya estaba acostumbrado. El mismo que lo poseía antes de cualquier crimen; la tendencia enfermiza a mirar el precipicio convocando a entidades absolutas y terminantes, tocando regiones vedadas al espíritu.

Cuando el ayudante hubo partido, sintióse como otro sér, lleno de orgullo y de fuerza. Hoy era un jugador sobre el más fantástico tapete verde. En su yo interno forjábanse elementos de una naturaleza extraordinaria, elaborados con materiales más allá del hombre mismo: violencia ciega, señorío sobre el destino, capacidad de destrucción sin límites. Era aquello representar el papel de destino; no sólo prestarse como ejecutor de sus designios sino actuar como Destino hecho carne y sér vivo, con voluntad creadora y destructora, con el minuto crucial en las manos, todopoderoso, instrumento de la más alta e inconcebible soberanía.

A sus espaldas escuchó la grave voz de su mujer:

—Te van a matar —dijo aprensiva y dulce.

Adán volvió el rostro. De un fuerte bofetón derribó a la hembra.

Levantóse la mujer ocultando con una mano sus labios llenos de sangre. Sin pronunciar la menor palabra, como indiferente, se llegó hasta el rincón del cuarto, acomodándose ahí fija y serena.

Llamábanla La Borrada por sus ojos verdeazules, borrados, singulares dentro del rostro intensamente moreno. De una belleza fiera, salvaje, permaneció en el rincón con su aire sobrenatural de diosa violenta. Era una india, quizá mestiza de extranjeros en alguno de sus ascendientes, que le fué regalada a Adán por un cacique de la sierra, cuando Adán era agente municipal en las rancherías indígenas.

Después de la guerra de los cristeros, los protectores de Adán habíanle otorgado el puesto para que se resguardase por un tiempo, allá, tan lejos, de las venganzas que innumerables enemigos habían jurado en su contra. Adán permaneció en la Sierra, enton-

ces, más o menos tranquilo, cierta tempo-
rada.

Ni sanguinarios, ni crueles, ni rebeldes, antes apagados, tristes, laboriosos, pacíficos y
llenos de temor, eran los indígenas. Constituían una fracción de un numeroso pueblo
abatido y aniquilado por los gobiernos y que,
con miedo tal vez de nuevas persecuciones,
optaban hoy por la sumisión y la humildad.

Adán llegó un calmoso mediodía a la sierra. Sin apearse del caballo y con el cañón
de su pistola golpeó el riel que servía de
campana para convocar al pueblo. Pendía el
riel de una enramada que, sin duda, era el
sitio más importante de la Congregación, compuesta por una veintena de familias.

Adán iba acompañado de cinco soldados
que el Jefe de la Zona Militar, por órdenes
recibidas, le había asignado para "tomar posesión."

Frecuentemente los soldados a quienes toca
servicio en puntos distantes, poseen un equi-
po pobre y viejo. Los chaquetines tienen algo
de civil ya, sin botones y casi blancos a
causa de la decoloración de su antiguo verde-
oliva. Careciendo de las polainas de lona,
que habránse vuelto inútiles, amarran con algún ixtle paupérrimo los tubos de sus pantalones de montar, cuando no los dejan sueltos
y de esta forma muestran las renegridas pier-

nas donde los piquetes del mosco dejan manchas color violeta.

Estos que iban con Adan, ni siquiera calzaban zapatos. Una tosca suela de huarache, liada con ásperas correas, servíales para preservar la planta de los pies en contra del suelo rudo.

Hacia Adán experimentaban un respeto automático y una sumisión sin razonamientos, incapaces de discutir su autoridad de jefe. Cumplirían cualquier orden emanada de él, sin que ningún pensamiento se les ocurriera, resignados en definitiva. No parecían soldados, en realidad, con aquel aspecto campesino y los rostros completamente morenos. Pronto, alejados de los grandes centros de población y en mitad del monte, recobraban su sentido innato de la tierra; volvían a hacer sus preguntas, sobre la clase de cosecha y el género de labranza y ellos mismos, otra vez humildes, ayudaban a veces en labores sencillas.

No obstante, cuando aparecieron en la ranchería conducidos por Adán —éste a caballo, adelante, y ellos atrás, sin orden alguno—, los indígenas negáronse a salir. Aguardaban esa aparición desde algunas horas antes en que, por quién sabe qué misteriosos conductos, les llegó la noticia: resulta extraño, en realidad, cómo, tal vez el viento o acaso las plantas —se hace difícil pensar que el hombre— trasmiten en la sierra los acontecimientos.

La ranchería era de pronto como un pueblo abandonado y sin vida. Ni siquiera huellas de fuego en los hogares o los sucios chiquillos de siempre en las puertas, o los perros. Una desolación, un silencio de abandono, que, sin embargo, tenía algo secreto y vivo, como si centenares de ojos vigilaran invisiblemente.

—¡Buenas tardes! —gritó Adán, golpeando el riel con rabia.

Aquel sonido era estridente y desagradable; metálico, sin duda el mucho tiempo le había dado un tono que ya era como de otra cosa y cual si se golpeara un cuerpo capaz de sentir y llorar con ruines chillidos.

Observó Adán que el cañón de su pistola se había resentido del golpe que diera sobre el riel, y entonces enfundó el arma.

—Gabriel —dijo a uno de sus hombres— daca esa matatena —y señalaba una piedra lisa y redonda que se encontraba junto a las pezuñas del caballo.

Un infierno fué entonces el llamar sobre aquella campana insólita. La matatena dura, maciza, añadía, una propiedad más al sonido, acentuando su timbre que hería los nervios como si los despellejaran.

"Quemaré las casas si no vienen," pensó

Adán sin que abrigara seriamente el propósito de hacerlo. Sin embargo se imaginó cómo descendería del caballo aproximándose al mejor y al más grande de los jacales, justo ese que estaba ante su vista, cuyas paredes eran de barro seco amacizado con juncos sobre los que había un techo cónico de paja. El fuego consumiría la paja para propagarse después con violencia. Más tarde la ranchería cubierta de humo y llamas iba a quedar tan sólo sobre el monte como una huella negra de la cual saldría ese olor indefinible a grano, a cereal picante y carbónico, a ceniza candeal.

Como testimonio último, empero, quedaría este pedazo sonoro de riel cuya materia era hija, por cierto, del propio fuego, o hermana, en todo caso igualmente superior y tenaz.

—Si no salen —gritó Adán— quemamos el pueblo......

Y en seguida repitió la frase en lengua indígena donde, tal vez por la melodía silbante y quebrada del idioma no se transparentaba cólera alguna. Las vocales, como sin esqueleto cuando van solas, en esta lengua cobraban un ritmo lleno de proporción y gracia, merced a las consonantes, tes, eles y equis, puestas ahí con empeño de música.

—¡Quemamos el pueblo!

Al escuchar el hiriente toque del riel, que

parecía oírse por los dientes como si a éstos los golpearan con unas pinzas, Onofre, uno de los soldados, recordó a su perro Gazul, que sufría tanto con el sonido de los clarines. Al oír las notas agudas y vibrantes, el pobre animal revolcábase en el suelo presa de convulsiones y aullando lastimeramente. Esto era por la mañana, a las cuatro y media durante el toque que convoca a los **banderos**; en seguida a las cinco, cuando la diana, cuyo comenzar grave y amplio resolvíase en un presto ruidoso al redoble abrumador de los tambores, golpeados por las baquetas alternativamente en la caja y en el parche. Más tarde con el toque de **asamblea**, después con el de **parte**, y así, casi sin descanso, con el de **hospital, rancho, orden, retreta,** hasta terminar con el siempre melancólico y sobrecogedor de **silencio**, a las nueve de la noche.

En cierta ocasión parece que Gazul excedióse un tanto en sus manifestaciones. Fué una de esas tardes mágicas de la Ciudad de México en que el sol se adivina, desparramado y oculto, a través de toda la dimensión acústica del Valle que es como una caja de resonancia para la milagrosa luminosidad de la hora.

El batallón formaba en el más amplio de los dos patios con que cuenta el Cuartel de Mesones, y por encima del muro veíase la sobria estructura de una iglesia colonial lindante. Cualquier iglesia que se tome, así trátese de la más humilde, ofrece en el país esa reciedumbre viva y poderosa de su estructura capital, intensa. Sobre el cuartel la cúpula de aquélla, arrojando una sombra firme sobre el patio, representaba la profundidad, y el silencioso, sorprendente sentido de la belleza que hay en México, el cauce inesperado con que las cosas se ordenan, humildes y definitivas.

El oficial, apellidado Márquez, dueño de inmensa sotabarba que le caía blandamente sobre la gola de latón, daba lectura a la Orden, de pie en medio del patio. Era su voz enérgica y cortante, pero Gazul, afectado en extremo por el toque de los clarines, aún cuando éste ya había cesado, revolcábase con enormes aullidos sin que las palabras del oficial pudieran escucharse.

Onofre, desde las filas y a pesar de su rígida postura, hacía señas al perro para que callase, ya moviendo los dedos de la mano derecha indicándole calma y serenidad, como si fuese una persona, o ya con guiños de ojos y fruncimiento de labios o palabras apagadas.

Onofre quería mucho a su perro y admiraba extraordinariamente sus dos ojos, uno amarillo claro y otro café obscuro. Mirándole nada más el amarillo, el rostro de Gazul tenía algo de fiereza y cólera, mientras que del lado café irradiaba infinita dulzura y humildad. "Gazul,

Gazul —continuaba Onofre quedamente—, cállate, te van a castigar." Pero el animal no comprendía las angustias de su amo.

El oficial interrumpió la lectura:

—¡Sargento Fulano —dijo con gran calma y sin que su semblante se alterase—. Ahórqueme a ese perro......!

A través del batallón hubo un estremecimiento, a la par de sorpresa por lo inopinadamente drástico de la medida, como de pena, cual si se tratara de algún sér humano. Los rostros giraron para contemplar el lazamiento y ejecución de Gazul y después de que éste pendía ya de una alta viga, bajo el cobertizo del cuartel, como si no hubiese ocurrido nada en el mundo, el oficial prosiguió la lectura de la Orden.

En los nervios de Onofre el riel de la ranchería indígena resonaba con el mismo efecto que los clarines sobre Gazul. "Nos parecemos en esto," pensó con nostalgia.

No hubiese querido oír ni por un minuto más las notas altísimas que Adán, furioso, despertaba del riel. "¡Pobre Gazul!", continuó, pensando más por sí mismo que por el perro. Pero en ese momento un hombre encorvado se adelantó hacia ellos con pasos torpes.

Adán tiró la matatena haciendo virar bruscamente su caballo en dirección del hombre.

Era un robusto indígena, maduro, que se irguió completamente al encontrarse con Adán.

—¿Qué quieres, patroncito? —preguntó con voz suave y entonado español.

Rebuscando bajo su zamarra Adán previno el documento que traía consigo.

—Me manda el gobierno...... —dijo.

El indígena, que sin duda estaba versado en tales cuestiones inquirió astutamente:

—¿Y cuál de los tres gobiernos, patrón?

Aludía al Gobierno Municipal, al del Estado y al Federal, y entendiéndolo así, Adán repuso inmediatamente:

—Los tres juntos. Mira la orden —y tendía el blanco papel.

El indígena tomó el documento extremando los cuidados. Desdoblólo con lentitud y limpiándose previamente las manos sobre la camisita gris de manta, lo puso ante su vista.

Sabía por experiencia la importancia enorme que tienen los papeles del Gobierno. Ahí mismo, en la ranchería, guardaban con supersticioso respeto unos grandes, amarillentos, cuyos caracteres, a fuerza de elegancia y hermosura, no se podían leer. Sólo una gran cifra era comprensible, la que indicaba, al parecer, un año, del de mil seiscientos cincuenta y ocho. Los indígenas conocían los papeles con el nombre de "la propiedad" y quizá fuesen los títulos expedidos por los españoles después de que se suprimieron las Encomiendas.

De los papeles oficiales podía esperarse todo: el bien y el mal, aunque casi siempre el mal. En tiempos de la leva, por ejemplo, un grupo de soldados al mando de un jefe, llegaba hasta el pueblo. A continuación el jefe leía un papel del Gobierno y en seguida se llevaban a los hombres, como animales, para la guerra.

El indígena leyó el documento con desmesurada atención. Cuando hubo terminado, otra vez sus ojillos tuvieron un destello.

—Sí ha de ser cierto —dijo— cuando traes soldados. Apéate para que vengas a comer unos frijolitos.

Las cosas iban bien y así continuaron en lo sucesivo. Los indígenas no tenían ya capacidad alguna para rebelarse, pues sentíanse cansados de tanta lucha como en otros tiempos sostuvieron, y visto de cerca, Adán, por otra parte, no les pareció en modo alguno intolerable.

Mientras aquel primer día Adán y sus hombres comían los frijolitos, el cacique indígena, Gregorio, dispuso los alojamientos, uno separado, para Adán y otro para los cinco soldados.

Después, ambos, Gregorio el cacique y Adán, se encaminaron a lo largo del arroyo. Bañábase ahí una mujer, desnuda, inclinando la negra cabellera sobre las aguas. Al oír los pasos levantó el rostro sin el menor asombro, fijando la mirada de sus ojos verde-azules sobre el rostro de Adán. Este se estremeció involuntariamente.

—¡Qué Borrada más hermosa! —exclamó.

Gregorio no hizo el menor gesto, pero al atardecer, cuando Adán recostado en su hamaca miraba hacia la puerta, de pronto apareció ahí la hembra.

Adán se incorporó, sorprendido:

—¿Qué quieres?

Los ojos extrañamente turbadores de la mujer lo miraron con violencia singular. No por odio, sino únicamente porque así eran, salvajes, primitivos.

—Me dijo Gregorio que voy a ser tu mujer —dijo y aquí estoy......

Era la Borrada una hembra indescifrable y obscura. Su rostro, de un moreno intenso, estaba compuesto por nobles líneas perfectamente armónicas y a la vez graves, de impensada dignidad, producto del secreto orgullo

que corría por sus venas. Sin finura, pero
también sin aspereza, sus rasgos mostraban
un no se qué de solemne y antiguo, como si
la mujer fuese hija de grandes señores, o dioses, o antepasados esenciales.

Quizá La Malintzin debió ser así: justa en
los límites de su cuerpo y poseedora de esa
disposición misteriosa para entregarse al ex-
tranjero. También, como quizá para La Malintzin de sus compatriotas, hacia La Borrada
había un trato lleno de superstición y fata-
lismo. Era La Borrada el signo último, la
puerta por donde todos iban a salir a otra
vida.

"Debe acostarse con ella —pensó Gregorio
al advertir las miradas de Adán ese primer
día en que se tropezaron con La Borrada—,
pues de todas maneras se acostará, como
antes ocurrió, cuando llegaron los españoles."
El no era su padre, La Borrada no tenía padres.

Por eso, más tarde, fuése hasta ella:

—Vino tu marido —díjole.

—¿El hombre ese?

Gregorio afirmó con la cabeza.

Era llegado el momento de la entrega y La
Borrada púsose a meditar. Todo se cumplía
y el agua pura de la tierra sepultábase en
el fondo del mar, dios inmenso.

—¡Pero no quiero tener hijos! —rebelóse.

—No los tengas, con licencia de Dios......

Temeroso y lleno de presentimientos obscuros, Gregorio había pronunciado estas palabras en las que se encerraban sus más ardientes deseos. De tener un hijo La Borrada ese hijo volveríase la tierra misma resurrecta en lobo y otra vez con la serpiente viva, con la serpiente emperatriz y la sangre renovada con otro, singular veneno.

Se realizó la ceremonia del matrimonio con melancólica, monótona alegría silente y rencorosa. Que no fuera a embarazarse la mujer.

Al saberse que La Malintzin estaba encinta, los pueblos arrodillados tocaron con su frente el polvo inmenso de donde habían nacido.

"....en ninguna manera podéis impedir mi ida, por fuerza tengo de irme," dijo Quetzalcoatl entonces, terminando: "vinieron a llamarme y llámame el sol...." (*)

Hizo en seguida una balsa de culebras y fuése por el mar, con el incierto destino de la aurora, hacia ese misterio eterno del sitio, para siempre nostálgico, de Tlapallan.

Las frentes, sobre el polvo, hundieron pequeñas cuencas ovales que luego se endurecieron con el tiempo nocturno que sobrevino.

(*) Fr. Bernardino de Sahagún.

Gigantes iglesias, como agaves de piedra, salieron de las frentes y una lluvia se estableció. Comenzaba el manto de lágrimas. Los sacerdotes, pisando sus huaraches de piel de ixcuintle y con las manos trémulas, veían al cielo.

¿Dónde Tlapallan, columna, viento, rosa nueva? ¿Dónde su lugar de fruto y su continente?

Malintzin era el misterio y la puerta, el arco. Bajo su piel crecería el agua nueva.

Los pueblos todos, olmecas, tepanecas, xochimilcas, tarascos, mixtecos, zapotecos, inclinaron el rostro para que no les fuera visto, sepultándolo en la tierra.

Algo los abandonaba. Una estrella última zurcó el espacio, como sin dejar huella.

Después del casamiento, La Borrada iba con cierta regularidad a la casa de Ña. Demetria, donde ingería extraños bebedizos, permaneciendo ahí. Era preciso evitar la descendencia.

Cuando regresaba al lado de Adán otra vez sus ojos volvíanse libres y tranquilos.

—Con esto no nace el indino —repetía Ña. Demetria, mientras preparaba el bebedizo—, con esto no nace el hijo......

Luego por las tardes, mientras el sol caía

un lado, por otro La Borrada inclinábase para lavar los pies de su marido. Disponía para ello de un guaje cirial grande, con suficiente capacidad. Era entonces como un pediluvio litúrgico en que, acariciadoramente, la mujer sentía en sus manos aquellas extremidades duras y calientes de Adán.

Aquella tarde Adán miraba la nuca espesa, inclinándose sobre el guaje. Era como un nudo por donde el negro pelo ascendía, trepador voluptuoso, bosque capilar de madreselva obscura.

La hembra levantó los ojos:

—Cuando te fuíste al monte —dijo con rencor en la mirada— Gabriel **quiso** jugar conmigo.

La palabra **jugar,** con aquel acento preciso y lleno de intención, era tan sólo una forma de establecer que Gabriel —uno de los soldados— había querido poseerla.

—¿Esas tenemos?—preguntó furioso Adán, apartándola con el pie. Levantóse y sin embargo no hizo otra cosa que detenerse en la puerta para mirar hacia el monte, sombrío y obstinado.

—Entonces Gabriel, ¿no?

¿Qué suerte de entrega, de sumisión absoluta era esa de la mujer en que ardían todas las naves, sin posibilidad de regresar jamás al punto primero? Una línea trazada en el aire pero, al mismo tiempo, la espesura indeleble de un zurco. La Borrada no existía de tan rotunda como era su presencia, su abandono. Malintzin de tierra, otra vez en la tierra. No obstante, ahí, junto a él, pertenecíale más que todo y cual para centurias sin término.

A la mañana siguiente sentóse Adán a las puertas de la choza, mudo y lleno de pensamientos.

Sobre una primitiva escalera de troncos, Onofre desmontaba el riel de la enramada. Su descubrimiento no podía ser más interesante y esencial: el riel pendía de la enramada sujeto con alambre a uno de los troncos, pero de tal manera, que no existía el menor espacio entre su extremo superior y el tronco mismo. Así el alambre hundido ya dentro de la corteza, lo herrumbroso del riel y el encontrarse sujeto tan estrechamente de una materia sin sonido, lo apagaban por completo dándole aquella irritante tonalidad. Era suficiente entonces suspender el riel estableciendo cierta distancia con respecto al tronco, para que nuevamente recobrase su antiguo volumen sonoro.

Terminaba su tarea Onofre cuando a sus espaldas escuchó la voz de Adán:

—¡Gabriel!

Gabriel había salido de las casuchas con dirección a Onofre. Este volvió el rostro también y en el lapso de un segundo pudo contemplar un suceso claro, real, evidente e increíble. Cuando el llamado Gabriel volvióse en redondo, Adán, como en un sueño, apuntó su pistola con asombrosa lentitud.

Adán sonreía o algo por el estilo, pero en todo caso sus ojos brillaban con júbilo en mitad del rostro.

Más que el disparo, Onofre creyó escuchar el ruido que la bala produjo en la carne al penetrar, como si una pequeña piedra hubiese caído sobre un lecho de arena húmeda.

Gabriel, tirado en el suelo, se revolcaba convulsivamente, mientras le salía una sangre rojiza.

Incorporóse Adán de la silla y con igual lentitud, como si le costara trabajo caminar —hacía esfuerzos, a no dudarlo, por reprimir una emoción violenta e indefinida, que no era el miedo, sino acaso la consternación y un asombro sin límites—, llegó hasta el herido meneándolo con la punta del pie.

—Ven acá, Onofre —dijo quedamente, como si estuviera en un templo.

Sus labios eran tan blancos como la harina

pero no había en él un sólo temblor, una sola arruga de la cara que se le moviese.

Onofre descendió.

—¡Agarra el máuser!

Un pie de Adán descansaba sobre el vientre del herido.

—¡Dispárale el de gracia!

Quiso agregar, "ten cuidado," porque se le ocurrió que quizá el tiro de gracia pegase de tal forma que pudiera salpicarle los pantalones de alguna materia absurda.

Onofre se echó el máuser a la cara apuntando hacia la sien del herido.

—¡Dispénsame, manito! —dijo, tanto porque Gabriel era su amigo como porque en esos momentos le dirigía unos ojos donde se retrataba cierta súplica aterradora. Entonces disparó.

Un segundo más tarde, trepado sobre la escalera, Onofre pudo comprobar que el riel sonaba gravemente, en grandes y profundos círculos sonoros.

A partir de aquello una ilógica tristeza se apoderó de Adán.

La muerte de Gabriel era, en cierto modo, la primera que consumaba por iniciativa propia y esto le hizo sentir una especie de terror, como si le hubiesen dicho que su voluntad y su discernimiento no existían ya en absoluto, dominados -por un monstruo. Habíase creído algo así como un ejecutor del Destino, al margen de las cosas y dueño de una clara independencia, pero de súbito comenzó a comprender que su alma era una hoja perdida en la borrasca, sin asidero alguno, zarandeada a capricho y carente de albedrío.

El hecho de haber llamado a Onofre para que disparase el tiro de gracia —en lugar de él mismo, Adán, ejecutar la venganza hasta sus consecuencias últimas—, era el reconocimiento de que algo principiaba a erguirse frente a él, sometiéndolo. Por primera vez tuvo miedo de matar, cuando aquello parecía simple y sin complicaciones. Un pavor extraño comenzaba a nacer y de ahí en adelante iba a vivirle esclavizado, pendiente de que a cada minuto no lo arrastrase al abismo definitivo.

Pasaron días largos y meses sin medida en que Adán, balanceándose en la hamaca, no hizo otra cosa que permanecer así abstraído en pensamientos monoformes y obstinados.

—Lo que tienes es tiricia —decíale La Borrada a sus espaldas, acariciándole el cuello—. Sí, eso es lo que tienes.

No fueron útiles, empero, los yerbajos de Ña. Demetria, ni los animales sangrientos, en canal, agonizantes, que le aplicaron al pecho, en el sitio del corazón.

Adán terminó por decidirse a dejar la maldita ranchería. Ensilló su caballo y partió seguido por La Borrada, que iba a pie.

—Les mandaré un relevo —dijo a sus soldados.

Tiempo después los protectores de Adán encomendáronle la muerte de Natividad, no sin antes reprenderlo por aquella inútil, vana, de Gabriel. Cuando les hubo explicado las circunstancias, empero, tanto el Gobernador como el Jefe de Operaciones mostráronse de acuerdo. "La mujer —sentenció el Gobernador—, el caballo y la pistola, son cosa sagrada."

Pero el problema ahí era Natividad, un líder. No se quería de manera alguna que continuara aquella huelga de cinco mil peones, escándalo de la República y hasta tal vez de la misma Revolución. "Natividad, Natividad." Era aquel de ojos negros y mirada profunda, fuerte y activo. Adán estremecióse recordando el rostro precioso, noble, de Natividad.

—¡Está bueno! —musitó tímidamente ante sus superiores.

La emoción extraña que Adán sentía con respecto a Natividad desde que recibió órdenes de matarlo, estaba determinada en efecto por la fuerza, la honradez la rotundidad humana característica de Natividad. Un sentimiento confuso adueñábase de Adán al apercibirse de su impotencia efectiva con respecto a un hombre que era poderoso en sí mismo, seguro. Parecía como si se enfrentase a un sér inmortal cuyas razones de vida fueran superiores a la propia vida.

—No podré —pensó.

Y no podría tan sólo por el recuerdo de la primera vez que habló con Natividad.

Dirigíase éste aquella primera vez a las casas del Sistema montado en un caballejo delgadísimo, cuyos enrojecidos ojos melancólicos denunciaban gran cansancio. Era como un sér humano lleno de resignación para el sufrimiento, flacas las piernas y huesuda, cadavérica, la frente.

Al ver que Adán se dirigía a su encuentro, por ir caminando en sentido contrario, Natividad apeóse del jamelgo.

—Buenos días......

El primitivo recelo de Adán desvanecióse al punto ante la manifiesta cordialidad del entonces desconocido.

—Buenos días —repuso, llevándose también la mano al ancho sombrero de palma.

Un gran poder de sugestión había en aquel hombre. Afirmaba sus palabras con un vigor desconocido, derivando de las más triviales cuestiones aspectos interesantes que, bajo la vulgar apariencia, encerraban un sentido nuevo.

—¿Esto es, entonces, el Sistema de Riego? —dijo Natividad—. Lo sospeché desde un principio, aunque me creí perdido. En Nogal me dijeron que aún estaba retirado.

Con los pulgares metidos en el cincho del pantalón, Adán asentía:

—Sí señor, Nogal está lejos......

Para Natividad como que la vida era enormemente rica, fértil, y cualquiera de sus detalles, aún los mínimos, como encerrando un Universo lleno de pasión.

—¿Conoce usted —preguntó—, a un jornalero de nombre Jerónimo Gutiérrez?

Y el tono de la pregunta elevaba a Jerónimo Gutiérrez, simple jornalero, otorgándole dignidad legítima, inalinable estirpe.

Sí, Adán lo conocía, pero, el jornalero en cuestión no radicaba en el pueblo, sino a treinta y siete kilómetros del lugar, justo en el sitio llamado precisamente Treinta y Siete Seis por razón de la distancia, que era de era de treinta y siete kilómetros seis décimos.

Natividad hizo un gesto contrariado. Por fortuna aún no eran las ocho y a buen paso llegaría por la tarde.

Adán palpó el pecho del caballo como para calcular su resistencia.

—Sin correr al animal —dijo, entre convencido y escéptico—, puede llegar con la fresca, a buen paso......

Ofrecióse para que siguieran el mismo camino, pues él iba al kilómetro veinticinco y de ahí Natividad podría continuar solo.

Hablaron de numerosas cuestiones durante el trayecto. Rodeábalos en toda su vasta extensión el Sistema de Riego, con sus rectos y bien trazados canales.

El Gobierno del centro, preocupado vivamente de imprimir a la Reforma Agraria un sentido moderno y avanzado, había establecido en el país diversas unidades de riego, en tierras expropiadas al latifundismo. Ríos de avenidas irregulares eran aprovechados para construír grandes represas donde se almacenaba el agua que se distribuía después, en forma racional, de acuerdo con las necesidades de los agricultores. Una agencia del Banco Agrícola, en combinación con un alto organismo de la Secretaría de Agricultura, refaccionaba a los colonos y éstos amortizaban la refacción entregando al Banco el producto de la tierra, el cual, en su mayor parte, destinábase al mercado yanqui. De esta suerte el Gobierno lograba una serie de objetivos: establecía con seria raigambre una mediana propiedad, sólida y conservadora; moderaba, con ello, los ímpetus extremistas de la revolución agraria y, al mismo tiempo, aparecía como un Gobierno que no abandona sus principios y que aún es capaz de inscribir en sus banderas aquel vandálico lema de "Tierra y Libertad."

La sociedad del Sistema de Riego se dividía muy simplemente en **grandes colonos**, propietarios de un centenar o más de hectáreas; **medianos colonos**, poseedores de más de cincuenta hectáreas; **colonos pobres** o **pequeños colonos** dueños de quince o menos hectáreas, y **jornaleros** asalariados que servían a todos los demás por un salario de trienta, cuarenta, cincuenta y hasta setenta y cinco centavos por día.

El Gobierno no ocultó jamás el júbilo que le causaba el experimento, y los intelectuales revolucionarios de la época redactaron profundos artículos y tesis nutridas de hondos pensamientos, para comunicar al mundo la buena nueva del "socialismo mexicano." Resulta por demás añadir que el Gobierno, por su parte, costeó la "obra personal" de los dichos intelectuales, quienes junto al ensayo "político" —hacia el que tenían, en el fondo, un gran desprecio— editaban lujosas **plaquettes** con sus versos y fugas literarias, ya que "esto de la hambre —como decía Cervantes—, tal vez hace arrojar los ingenios a cosas que no están en el mapa."

Natividad caminaba teniendo de la brida a su caballo, para hacerlo a pie, en condición de igualdad con su espontáneo compañero. En su torno elevábase un ruido sólido, rítmico y armonioso. Eran los tractores, que aún pequeños tomados a distancia, producían no obstante su rumor vivo y alentador. Por todas partes el trabajo ordenaba su viril sinfonía y las voces de los jornaleros, llenas de poder y volumen, oíanse a intervalos, roncas, agudas, graves, vibrantes de existencia. Superponíanse las amelgas en precisos rectángulos, cuyo color variaba imperceptiblemente a merced de las ondulaciones del terreno, y de gris o verde, comenzaban por tornarse violeta en la lejanía, a efectos de la bruma mañanera.

Abejas tenaces y roncas, zumbando dentro de una calma absoluta, era aquel ruido de los tractores; pero se antojaba a la vez que en su rumor había cierta cosa guerrera, como si las ametralladoras estuviesen tableteando bajo la concavidad del cielo, propicia del todo y llena de resonancias. En la guerra sucede así, que se miran el cielo, las nubes, el verde color de los campos, y lo único, apenas, es el ruido, como si la muerte estuviese muy lejana. Allá, del otro lado, se escucha el ruido, el ruido, lo único, y parece como una marcha sorda que se detuviera de pronto, con sorpresa, para continuar otra vez y detenerse nuevamente. El aire es quieto, tranquilo, y se oye todo con claridad: al otro lado de la verde colina, la marcha de pies violentos, primero como si caminase despacio —aunque siempre con su ritmo regular—, para luego detenerse ¡ah!, los malditos. Vuelven el rostro de derecha a izquierda, husmean, no quieren avanzar sin encontrarse plenamente seguros. Pero de pronto se reanuda el rumor sordo y un tambor gigantesco —han vuelto los cañones—, se escucha. Cuando el enemigo traspone la verde colina y está aquí, entre nosotros, de este lado, rabioso y fiero en la lucha, el panorama es diferente: comienzan a suceder cosas muy vivas, un compañero que cae, otro que maldice, el sudor, los rostros absolutamente pálidos. Pero contemplada desde una eminencia distante, la guerra es igual que esta del Sistema de Riego, donde los tractores zumban como moviéndose dentro de una atmósfera irreal, delimitada y secreta.

Aquí y allá espejeaban de plata los canales, heridos por el sol. Entre lo verde y lo violeta de las amelgas, entonces, un cuchillo, la línea de metal alegre: mágico don del agua con sus secretos gnomos de luz, con sus estrellas interiores.

Intrigábase Natividad por la tierra, por el proceso que la iba haciendo. Antes, al Principio del hombre, no habría sido de esta manera, con trabajos y lágrimas. Pero hoy envejecía la madre entrañable y era preciso curvar el cuerpo y hacer que de la frente brotara el sudor).

—¿Cómo trabajan aquí? —preguntó sabiendo por experiencia que los métodos cambian según los climas y el cultivo.

—Pues primero es barbechar...... —repuso Adán con voz queda y nostálgica.

(De cerca, sin embargo, el agua no era transparente; más bien blanquecina. Junto a las pequeñas compuertas de los drenes mostraba cierta espuma de salitre y materias perjudiciales).

—Luego viene la siembra......

(A la larga este líquido impuro podría estropear la tierra, ya de suyo mala, dura, probablemente sin fosfatos en cantidad suficiente).

—En seguida se deja y hay que empezar a regar, con mucho tiento, hasta que la mata esté un poco crecidita......

(Con abonos, suministrados en apreciable cantidad, y estableciendo un sistema de rotación que dejase descansar la tierra, podría explotarse aquello, no obstante, por un período más largo, pues de otra manera la vida de la unidad tenía el tiempo contado).

—Más tarde viene el desahije. Se quitan las malas yerbas dejando la mata limpiecita......

(El modo de propiedad, por inadecuado, constituía, empero, un terrible obstáculo para cualquier reforma. Tal vez una cooperativa y la implantación del trabajo colectivo, mejoraran todo).

—Después viene la primera cosecha......

(Pero ahí había un Banco, unos políticos, intereses cuantiosos).

Durante los veinticinco kilómetros que recorrieron juntos, Adán y Natividad charlaron con gran animación. Adán, menos comunicativo, se produjo en términos reservados, reticentes. Natividad, franco y sin embozos, salpicando su charla de anécdotas.

Una especialmente quedó grabada en el recuerdo de Adán.

Era —comenzó Natividad— una noche extraña. Nada se movía, todo estaba fijo e inmóvil por exceso de pesantez en el aire, convertido en plomo negro.

Durante tres semanas se había perseguido al enemigo, sin que se lograra darle alcance. Mas esto, con todo, no era lo singular. Lo extraño era que nadie en absoluto había visto al enemigo ni sabía de sus fuerzas o su poder. Sin reposo, persiguiendo al fantasma, cansábanse los hombres de tanto ir y venir. Los primeros tres días aquello parecía natural: "Nos tiene miedo," afirmaban todos. Pero al

cuarto día un ligero desasosiego empezó a
cundir. La monotonía de esta persecución y
el continuo estado de alerta originaron las
más descabelladas versiones: el enemigo, decíase, no quiere presentar combate con el
único propósito de organizar una emboscada
en su propio terreno y ahí darnos muerte
sin compasión. "No hay tal enemigo" afirmaba el de más allá, "lo que pasa es que a
todos nos dieron **toloache** y estamos perdiendo
la razón." La última leyenda, por imaginativa,
tuvo, desde luego, más partidarios. El enemigo era un fantasma y ésta parecía ser la
única y alucinante realidad.

Entre el quinto y el sexto día, un soldado
afirmó haber visto que un escuadrón de caba-
llería cruzaba, en orden perfecto, el puente
próximo. Juraba haber distinguido los chacós
de los federales pero que, más adelante, en
una ondulación del terreno, habían desaparecido todos. Como el teatro de la visión
colocárase de noche, sin luna, los narradores
agrandábanla con nuevos detalles cada vez:
ahora una mujer, montada sobre caballo re-
tinto, con arreos de luto, iba al frente del escuadrón, blanca, pero sin rostro y sólo terribles y huesudos pómulos arriba de la siniestra
dentadura. Otros decían que no se trataba
de un escuadrón sino de un regimiento entero, contra el cual podía dispararse sin el
menor resultado.

Al séptimo día tuvo lugar un suceso interesante. Como a eso de las tres de la mañana escuchóse un disparo de fusil en los alrededores del campamento. Despertó la tropa y hubo un conato de alarma que pronto fué sofocado. A poco hizo irrupción en el campamento un centinela que no detuvo su carrera sino hasta que se encontró cara a cara con el comandante. El centinela, joven de diez y ocho años, no podía articular palabra. Con los ojos fuera de las órbitas y blanco como el papel, limitábase a emitir un sonido gutural y torpe que no expresaba nada, mientras la lengua estropajosa salíale de los labios cual si le hubiera crecido y ya no cupiera dentro de su cavidad.

Aquel muchacho hubiese muerto de terror si el comandante, con dos buenas bofetadas, no lo hace reaccionar. En cuanto volvió en sí hizo una narración pormenorizada de lo que había ocurrido, no sin persignarse previamente.

Se encontraba cumpliendo con su guardia, a unos cuatrocientos metros del campamento, cuando escuchó un rumor de pasos. No eran, desde luego, los pasos de una sola persona. Parecían más bien los de un grupo, y un grupo de **hombres**. El centinela hizo hincapié en que las pisadas, justamente, eran de hombre: duras, rítmicas y firmes: "Será la sobrevigilancia," pensó, pues un grupo de soldados,

al mando de un subteniente, realizaba este
servicio todas las noches. El centinela lanzó
el "quién vive," dejándolo paralizado de espanto la respuesta que obtuvo. En primer
lugar el ruido de los pasos cesó de golpe, pero
en seguida escuchóse una terrible y sobre-
humana voz o grito. No era en modo alguno
una voz común y corriente; parecía como si
una mujer loca y fuera de órbita de pronto
sintiérase poseída por una histeria sin nombre,
causante del metálico y agudo grito. El hecho, además, de ser la tonalidad femenina,
habiéndose escuchado antes pasos de hombre,
daba a la situación, de inmediato, un carácter
sobrenatural. Con inauditos esfuerzos el centinela corrió el cerrojo de su carabina, cor-
tando cartucho. Milagrosamente, al conjuro
del ruido, la voz cesó en seco. Como pudo
y temblando por la impresión, el centinela
oprimió el gatillo de la carabina mientras
apuntaba hacia el sitio de donde al parecer
salía el grito, pero cuál no sería su sorpresa
al comprobar que su arma no produjo el
menor disparo sino apenas un ruido hueco y
sordo. Inmediatamente que del **otro lado,** ahí
enfrente, **aquello** se dió cuenta que la carabina
no había funcionado, la voz el lamento o el
grito, más próximo aún y de timbre más
agudo, escuchóse otra vez. Era un ulular
sin el menor rasgo humano y como sin cuali-
dades físicas, pues el centinela sintió un soplo
frío sobre el rostro, en las mejillas y luego

atrás de las orejas. Tres veces preparó la carabina y otras tantas con el mismo resultado. Por fin produjo un disparo y entonces escuchóse un gemido y —de lo que no estaba seguro el centinela—, una maldición. Violentándose a sí mismo se dirigió al lugar donde le había parecido ver una sombra y en efecto ahí se encontraba una especie de cuerpo obscuro, en el suelo. Sin embargo —y en verdad la narración tomaba ya caracteres de fantástica—, al tocar con el cañón de su carabina el cuerpo aquel —semejante a veces a un bulto de ropa, decía el centinela—, había desaparecido arrastrándose, como si alguien lo jalara. Al desaparecer por completo entre las breñas próximas, tornó a oírse el quejido, sólo que como más distante.

El comandante escuchó cuanto le fué narrado, y escéptico y librepensador, dispuso desde luego que tres hombres fuesen al lugar para ver si era posible descubrir el misterioso cuerpo a que hacía referencia el centinela.

Los tres hombres regresaron con las manos vacías, mientras el centinela quedaba en arresto para que al día siguiente se le fusilara por "desertar frente al enemigo."

Era preciso mantener la moral de la tropa, no dar pábulo a consejas supersticiosas ni fantásticas, así como ejemplarizar con muestras de férrea disciplina, por lo que, muy temprano, cinco soldados ejecutaron al centinela. El muchacho conservó su sangre fría hasta lo último y antes bien mostrábase satisfecho de morir, el semblante tranquilo y lleno de agradecimiento.

El incidente, sin embargo, no hizo más que aumentar el miedo de la tropa. Comenzaron las deserciones y había una especie de resistencia para continuar la persecución del invisible enemigo.

¿Dónde estaba? ¿Existía o era tan sólo un espejismo enloquecedor y bárbaro?

A los diez días de inútil persecución el propio comandante parecía haber perdido la cabeza. Se luchaba como contra una pared de aire, sintiéndose todos ciegos, locos, sin esperanza alguna, de aquí para allá, chocando contra una puerta cerrada y sin propósitos.

El comandante convocó a sus oficiales.

—He decidido —comenzó— que esperemos aquí al enemigo. Si quiere en realidad pelea y no andarnos sacando el bulto, vendrá a buscarla. No tenemos más remedio. Nosotros tomaremos las providencias del caso......

Reunidos bajo un poderoso y acogedor roble, que parecían como una pequeña tribu pintoresca —apasionada tribu de las que encendieron el país durante los primeros días de la Revolución—, todos los oficiales asintieron, pues ellos se encontraban también cansados y no poco aprensivos.

El comandante hablaba pero de pronto algo pareció llamarle la atención.

—¿Qué le pasó en la mano? —dijo de pronto dirigiéndose a uno de sus oficiales.

El aludido era un joven militar de carrera —único entre todos y entre muchos más del país entero—, proveniente del Colegio de Chapultepec y que había abrazado la causa de la Revolución. Por su linaje militar y por su cultura, podía decirse que era un tradicionalista respetuoso, disciplinado, severo y amante del orden. ¡Quién sabe por qué estaba en la Revolución!

Su rostro se puso pálido:

—El otro día —dijo— me herí limpiando la pistola.

Por entre las vendas de su mano derecha veíase salir el color morado de los dedos.

—¡A ver! —dijo el comandante.

Gustaba de conducirse con sus subordinados en forma paternal, y encontraba gran satisfacción en darles ayuda y saber de sus problemas.

—Esto le puede costar el brazo, capitán —exclamó al ver la herida.

La mano del capitán era como una bola de carne en descomposición.

—Mira —dijo el comandante a un ordenanza—. Vete por Natividad que es muy bueno para esto......

Natividad, a la sazón, desempeñaba entre los revolucionarios el cargo de chofer. Era esta una comisión provisional ya que no siempre había terreno transitable para seguir conduciendo aquel **Overland** antiquísimo que se usaba para llevar los planos, catalejos y material del Estado Mayor. Sin embargo se requería a Natividad para muy otras comisiones fuera de aquélla, como las de curar heridos o enfermos, con yerbas o sangrías; atender a las soldaderas parturientas —agua hervida y serenidad—; redactar oficios y pasarlos en limpio tecleando sobre la pavorosa **Oliver** anterior al Diluvio. Por esto se le estimaba y era una de las personas para quienes, sin excepción, se tenía por parte de todos, ese agradecimiento y confianza espontáneos que nacen frente a la gente útil.

Examinó la mano herida del capitán meneando la cabeza con preocupación. Aquella herida no habría recibido otro alivio que un poco de agua, tal vez ni siquiera hervida y bien podía declararse una septicemia.

Hizo que el capitán se sentara en una silla

a la cual lo sujetó con fuerza valiéndose de una soga.

—¡Aguántese, mi capitán! —lo previno.

Con el rostro densamente pálido el capitán afirmó bajando la cabeza, mientras una chispa colérica brillábale en la mirada.

"¿Dónde he visto estos ojos?", se preguntó Natividad. Recordaba el rostro aquel, pero en relación con algo desagradable que no podía precisar qué era. "¿Dónde, dónde?"

El capitán se condujo con una entereza absoluta. Otros oficiales que a duras penas podían ocultar su horror, y hasta el mismo comandante, sintiéronse asombrados.

Natividad hizo un incisión profunda en la mano tumefacta, tan profunda que en el fondo blanqueaban los huesos. En seguida exprimió las purulencias y sobre la carne roja derramó un chorro de agua oxigenada que al contacto produjo cierta espuma blanca y maloliente.

El capitán, ajeno a la tortura, no hacía el menor gesto. Sólo el rostro palidecíale cada vez más.

—Otras tres curaciones —dijo Natividad— y puede usted considerarse a salvo......

Como si hubieran sido una puñalada, estas palabras hicieron reaccionar al capitán, quien nuevamente tuvo un destello de intensa cólera en los ojos. Un destello enteramente propio e inolvidable. "¡Ahora me acuerdo!", se le ocurrió de súbito a Natividad, a tiempo que abría la boca por la sorpresa.

Sí, aquel rostro fino, bien hecho, pero carente de nobleza; aquellos labios delgados como la hoja de un puñal; las mejillas sin color, los ojos. Lo característico en el rostro eran los ojos, realmente. No, no carecían de brillo. Simulaban, mejor dicho, no tenerlo, pero en el fondo eran fulgurantes, con capacidad para las cosas crueles y frías. Al primer golpe parecían opacos en efecto, a causa de que el hombre los conservaba entrecerrados, como bajo el poder de una somnolencia imposible. Las pestañas pobres, enfermas, cubrían la mitad de la pupila, y esto daba al continente una cierta atmósfera de hipnotismo. Tal vez aquello fuese un recurso intencionado para ocultar pensamientos o fingirlos. De todas maneras era difícil penetrar en el yo íntimo del hombre, en sus designios. ¿Mentía, amaba, odiaba, era capaz de sufrimiento? Imposible responder.

Natividad ya había visto, en otro lugar, aquella mirada súbita: los párpados indiferentes y fríos, sin alma, se abrieron de un golpe, tornando en seguida a su anterior posición. En ese instante el subterráneo espíritu del capitán brotó a la superficie, adivinándose inexorable, fanático.

La claridad del amanecer —aquella ocasión— se insinuaba ya en el horizonte. Un grupo de cinco soldados condujo al centinela que la noche anterior huyera despavorido de su puesto, acosado por el misterioso gemido, que, en condiciones tan extrañas, oyó en la obscuridad. Contóse más tarde que dentro del Cuerpo de Guardia, donde estuvo detenido, el joven centinela dormía sin inquietudes, profundamente. Al ser despertado por un sargento se le ocurrió inquirir cuál era ese día.

—¡Jueves! —le respondió el sargento.

El muchacho tenía una certeza placentera de su muerte. Le hubiera sido terrible continuar viviendo después del choque sobrenatural sufrido, así que la sentencia parecíale más bien gracia que otra cosa. De ahí su sueño profundo y agradable.

—¿Jueves? —musitó como si hablase con una persona muy próxima o que estuviera dentro de sí—. Cualquier día es bueno......

Sonreía un poco tontamente, como el que se avergüenza de algo, o como el que ha recibido un castigo pequeño por una falta que merecía mucho más.

En el campamento las cosas eran las de siempre. Algunos diez soldados mostraban cierta curiosidad por el suceso y un grupo de mujeres aguardaba a las puertas del cuerpo de guardia.

—Son para su desayuno —explicaba una de las mujeres mostrando las tortillas de harina y el café con leche que traía, este último dentro de un jarro con adornos amarillos, en el interior de la canasta.—. El pobre, ¿cómo se va a ir sin desayunar?

El suceso era como un viaje o un traslado a otro campamento. "¿Cómo se va a ir sin desayunar?" Un viaje rodeado de ternura, de adioses sin aflicción.

Sin que al parecer estuviese interesado en el asunto, el joven capitán paseaba de un lado a otro con la cabeza baja y los ojos somnolientos. Mirándolo así daba la impresión de un enfermo que padeciera insomnio y que por necesidad se hubiese echado fuera de la cama, para distraerse.

Lo que iba a ocurrir era un fusilamiento humilde, sin pompa, bajo el gris amanecer. Parecía como que no era cierto, ahí, con el muro, con el grupo de soldaderas, con el aire.

El muchacho salió escoltado por los cinco guardianes. Las mujeres ofreciéronle la canasta con tortillas y por unos minutos todo se interrumpió, la vida se detuvo dentro del más grande de los silencios, mientras el muchacho comía.

Dió las gracias en voz queda y dulce, como un niño, con el rostro inocente.

—¡Bendito sea Dios! —lamentáronse las mujeres. —¡Y tan valiente que va a morir!

El capitán permanecía inalterable, caminando con la cabeza baja y tal si en torno suyo no ocurriera nada. Sin embargo se aproximó a unos diez metros para contemplar el fusilamiento.

Aquí fué aquello, pues al oírse la descarga, los ojos del capitán relampaguearon de una manera siniestra. En sus pupilas brilló una luz de inmenso regocijo.

La gente se dolió de la muerte del joven centinela, pero no había a quien odiar por esa muerte. Así eran las cosas y así debían suceder.

Cuando a los diez días de absurda pesadilla el comandante acordó acampar con el fin de esperar al enemigo, hubo un descanso para toda la tropa. Sentíase flotar un ambiente de calma; los rostros tenían algo de intrépido y una orden en el sentido de engrasar las armas llenó todo aquello de actividad febril y alegre. Los soldados desprendían el cerrojo de sus carabinas untándolo de aceite y parecía deleitarles, después, el rumor limpio del ajuste, lleno de exactitud.

Por la noche hubo corridos de guerra, de

amor, de inundaciones, de aparecidos, de crímenes, de prisioneros. Unos de ellos narraba cierto acontecimiento muy famoso en la región de donde provenía, que era la de los minerales norteños. Allá la gente es sobria, seca, seria, fidedigna y desprovista de exageración, lo que contrasta con el carácter de los habitantes de la Mesa Central, que es humilde y prevenido.

En torno de quien cantaba formóse un corro silencioso y atento, que parecía ensimismarse en recuerdos muy simples, pero a la vez llenos de profundidad y emoción.

"Un domingo fué, por cierto,
el caso que sucedió......"

El mexicano tiene un sentido muy devoto, muy hondo y respetuoso, de su origen. Hay en esto algo de obscuro atavismo inconsciente. Como ignora su referencia primera y tan sólo de ella guarda un presentimiento confuso, padece siempre de incurable y pertinaz nostalgia. Entonces bebe; o bebe y canta, en medio de los más contradictorios sentimientos, rabioso en ocasiones, o tristísimo. ¿Qué desea, qué le ocurre cuando vuelve los ojos a sus horizontes vacíos, a su viejo paisaje inmóvil y es capaz de permanecer así por años sin que tal vez un sólo pensamiento cruce por su mente? Quizá añore una madre terrenal y primigenia y quiera escuchar su voz y su llamado.

"......que el joven José Lisorio......" —continuaba el corrido.

Era la historia de un minero: José Lisorio. Bebía con frecuencia y en una ocasión en que su madre le reprochara tal conducta, el "joven José Lisorio" montó en cólera y

"a su madre le pegó......"

La madre maldijo al desnaturalizado minero, quien, cuando al siguiente día descendió al fondo de la mina, encontró ahí la muerte, víctima de espantoso derrumbe. La moraleja del corrido tendía a exaltar la veneración que se debe a una madre. Pero en modo alguno esta de José Lisorio era una madre tierna y dulce, antes bien terrible, profética, obscura, filicida. Madre del Viejo Testamento, con poderes sobre el Destino, intocable y mágica: de tan entrañable y querida, sordamente querida, como un tabú siniestro, círculo, límite sin tiempo, raya imposible.

La noche era una de esas radicales que se dan en nuestra latitud, quietas, sin movimiento, y por ello mismo sobrecogedoras. Se duda entonces de la existencia del hombre y aún de la propia tierra; rodeado de tinieblas, el espíritu se abandona a un errar sin fin, perdido, sin esperar nada.

Oyóse de pronto un tiroteo. Gritos remotos, en los que no podía distinguirse dónde comenzaba la voz humana y dónde el lamento de los perros, se escuchaban lejanamente.

Los hombres tomaron sus armas y de pronto aquello se transformó en una baraúnda general. Las sombras se atropellaban; era imposible comprender nada y cada quien disparaba sin concierto.

Las cuatro notas del clarín ordenando "cese el fuego" lograron que, como por milagro, todo volviera a su estado anterior.

Sí, evidentemente aquello había sido un ataque por sorpresa. Pero, ¿el enemigo? ¿Dónde? El grupo que salió en su busca entregóse a una carrera ciega y desenfrenada. Los hombres corrieron con furia y con intrepidez cerca de unos nueve kilómetros, hasta más allá de la noche, como al encuentro de la mañana y encontráronse de pronto ante la llanura vacía, opaca y solitaria bajo la luz del sol. No había tal enemigo.

¿Qué hacer si la lucha no tiene objeto, sentido, realidad? Se camina por sobre un vasto país desierto, con el enemigo en el aire, y entonces todo pierde su punto de relación, en primer término el hombre, como si las cosas fueran de otro planeta y la atmósfera se tornara grave, extraña, negando con empeño.

El comandante reunió a sus oficiales otra vez. Reuniéronse ahí todos, en el campo.

Nada era de esperarse —pensaban, y lo hacían con un abandono total— sino la resolución desesperada de continuar aquel ir y venir de un sitio a otro, sin descanso.

Serían ocho o diez los oficiales. Aún la Revolución no tenía uniformes para ellos y los traía de aquí para allá apenas con insignias en los anchos sombreros civiles. Sobre la camisa de dril o la chaqueta, dos carrilleras cruzadas indicaban la condición de revolucionarios, y las caras eran totalmente del pueblo, directas, serias, menos la del capitán herido.

Curiosa esta revolución que parecía no saberse a sí misma. Otras en el mundo, extraían sus frases y sus banderas de las anteriores, y hasta de los ejemplos de la Antigüedad Clásica, tornándose así graves, conservadoras, resucitadoras. Pero esta de aquí como que se desarrollaba en el centro del Africa, sin que sus hombres supieran donde habían comenzado ellos mismos y sus padres y sus abuelos. Algunos generales parecían participar en la Revolución —beneficios monetarios aparte—, tan sólo por darse el gusto de redactar manifiestos con el estilo de Vargas Vila, y la masa sombría que iba detrás quizá tratase únicamente de vengar el sacrificio de Cuauhtémoc, a quien los españoles quemaran los pies durante la Conquista. Pero en todo caso era algo obscuro, oculto de tan adentro como estaba y de tan grande como se sentía su profundidad.

Zapata era un general del pueblo, completamente del pueblo. Ignoraba donde se encuentra Verdún. Durante la guerra del 14, creyó, según se cuenta, que los carrancistas, sus enemigos, estaban atacando Verdún. Era Zapata del pueblo, del pueblo puro y eterno, en medio de una Revolución salvaje y justa. Las gentes que no ignoraban lo que era Verdún, ignoraban, en cambio, todo lo demás. Lo ignoraban en absoluto. Y ahí las dejó la vida, de espaldas, vueltas contra todo aquello querido, tenebroso, alto, noble y siniestro que era la Revolución.

Ocho o diez oficiales con los rostros trigueños o morenos o prietos. Pero oficiales vestidos con sus camisas sucias, sus pantalones, excepto aquel hijo de Chapultepec, acicalado e impecable.

Quién sabe por qué se le ocurrió al comandante arengarlos, antes de entrar en materia, tal vez por angustia, hablándoles del Ideal, de la Libertad y de que sus nombres serían mencionados en la Historia. En la historia, es decir, en las escuelas, ante los niños, de igual manera que el señor cura Hidalgo o que el señor cura Morelos.

Hablóse en seguida de lo que a todos interesaba y menudearon las conjeturas.

El capitán de la mano herida aventuró la opinión de que el enemigo, más que con núcleos organizados y coherentes, contaba con partidas capaces de asaltar aquí y allá en pequeñas escaramuzas, con eficacia, sin embargo, para sembrar el pánico y la desmoralización. Expuso aquello el capitán con tal exactitud, como si él mismo estuviese informado por el enemigo.

Todos volvieron la vista hacia el capitán y, sin propósito de hacerlo, hacia su mano herida. Fuera del sostén de trapo, la mano descansaba sobre el muslo, ligeramente gruesa aún y con las yemas de los dedos amarillentas e inflamadas.

Los ojos del comandante repararon también en el capitán.

Algo, de pronto, inquietaba en aquel hombre. Nadie podría precisar qué, pero sentíase como si ahí se encontrara un sér por completo extraño a todos, con sus ojos entrecerrados y aquella lógica fría, sobria y cruel de que era capaz.

—Sin embargo —prosiguió el comandante, con lo cual apartáronse todos los ojos para volver otra vez a los del jefe—, hay qué darnos cuenta de una cosa: estamos a merced de esos tales por cuales y no tenemos más remedio que caminar y caminar sin reposo.

Había ahí dos subtenientes, tres tenientes, dos capitanes, y otros más, morenos. Unos con el rostro picado de viruelas; otros con dientes de oro, los ojos rasgados, orientales, y el pelo negrísimo y duro. Sólo el capitán de la mano herida era de un color mate y con el cabello riguroso y ordenado.

"¿Qué tramará" preguntóse el comandante, inquieto contra su voluntad. "¿Qué, con esa cara de **lagartijo**?" Y luego, en alta voz:

—......no tenemos más remedio...... —concluyó refiriéndose al tema de siempre, a la huída eterna.

Aquel grupo de soldados revolucionarios perdido en la inmensa geografía de México, se convirtió en un grupo de hombres en derrota, perseguidos, huyendo. Aquello no era la Revolución; aquello no era nada: caminar tan sólo, caminar, caminar. ¿Dónde la bandera? Si apareciese un solo federal lo tomarían con ellos para rebanarle los pies y hacerlo caminar muchos, muchísimos kilómetros sobre el fuego de la tierra, hasta que muriese. Pero, ¿dónde el sentido de las cosas? ¿Dónde la tierra? Caminar, caminar sin descanso.

Durante esa misma tarde el capitán se aproximó a Natividad, que se inclinaba sobre el motor del automóvil.

—Vas a acompañarme —dijo—, en una comisión......

Natividad le clavó sus ojos alegres:

—¿A qué horas?

—Ahorita mismo.

Montaron en el **Overland** tomando un destino cualquiera. Era por la tarde y el sol duro bañaba el inmenso páramo donde las agaves extendían sus sombras amplias y angulosas. El sol teñía con su pintura la tierra, el polvo, de un cierto color anaranjado. El motor del **Overland** trepidaba mientras se hundían los viejos neumáticos en el polvo. Pero todo ese viaje, como la misma fantástica campaña, carecían de sentido. ¿A dónde iban? Natividad hubiese querido interrogar a su acompañante, pero los ojos somnolientos, sin mirada, crueles, impedían cualquier cosa, fijos ahí enfrente, sobre el cofre del automóvil.

No los rodeaba horizonte ni tiempo. La soledad terrible de los magueyes, recortados con asombro, como sucias salpicaduras verdes en mitad del polvo lleno de sol.

Durante dos horas escucharon tan sólo el ruido del motor, intolerable, caminando con rumbo desconocido, conocido sólo por el capitán.

De pronto el motor se detuvo en seco.

—¡Espera! —dijo el capitán y descendió a inclinarse sobre el cofre.

Ya la tarde era distinta y debían ser algo así como las seis, porque algunos pájaros cruzaron el cielo, en bandada, con prisa y con pavor. ¡Pájaros sobre la soledad de México! Eran pájaros de la época, pájaros del tiempo desolado aquel, llenos de estupor por el ruido, los gritos y la sangre de la tierra. Aves que habían quedado sobre la Revolución, a causa de quien sabe qué milagro, sobre la Revolución mirando los cadáveres, el silencio de los disparos, la gente toda, pequeñita y ocupada en cosas de la muerte.

Natividad inclinóse a su vez sobre los pedales del **Overland** para averiguar ahí algo, pero no bien hubo ocultado la cabeza cuando escuchó un terrible alarido, femenino, estúpido, y un frío de hielo recorrió su espalda. Aquello era lo mismo que debió escuchar el centinela fusilado, atribuyéndolo a seres del otro mundo.

Natividad fijóse en los pedales y luego más arriba: junto al inútil velocímetro el alambre del contacto, roto, era la causa del accidente. Ahora Natividad comprendía: el capitán era causante de todo. Sin duda espía de los federales, comunicábase con el enemigo proporcionándole datos y creando aquella situación de éxodo intolerable que padecieron las tropas revolucionarias. El centinela que más tarde fusilaron debió herirlo en la mano; de ahí el gozo experimentado por el capitán durante el fusilamiento. Era un hijo de Chapultepec, el Colegio Porfiriano. Jamás amaría a la Revolución.

Por la cabeza de Natividad pasaron muchas cosas de colores agresivos, amarillos y azul-eléctrico. Pero además no podía hacer nada ya que el capitán, apuntando con su pistola, lo intimaba desde el cofre.

Ahora abría los ojos con un fuego diabólico y veíansele que eran café obscuro y con un lunar del mismo color cerca de la pupila, en la parte blanca. Aquel alarido no era más que un recurso, aparte de una válvula de escape para su histeria.

—¡Toma, jijo de la tiznada! —gritó tirando del gatillo.

Natividad pensó en el joven centinela ¡pobre!, en su terror y en su propio terror, de él, de Natividad. Había muerto el joven centinela. De cinco balazos. De seis, contando el de gracia. Había muerto en la madrugada, apenas unos cuantos días antes, cuando el sol, rojo y sangriento, se insinuaba coloreando las blancas paredes. ¿Qué decir del rostro agradecido del centinela y cómo expresar ese rubor que tuvo ante la muerte, que le daba pena mirar a los espectadores y sonreía disculpándose? Cinco balas y seis con la de gra-

cia, que es justamente, una gracia, una merced: la bala que mata, la que en realidad
aniquila todo sufrimiento para que el hombre
pase a ese reino sin luz, sin tiempo, sin espacio, sin ideas, sin manos y sin ojos, que
es la nada. Sin ojos para ver y sin alma con
qué darse cuenta de que no se ve.

Pero el capitán estaba blanco, con la pistola en la mano, tirando insensatamente del
gatillo. No; ni un sólo cartucho tenía la pistola.

Loco de terror el capitán registraba sus
bolsas.

En seguida fué aquella una persecución terrible.

El capitán caía, se levantaba, sin impor-
tarle las hirientes puntas de los magueyes,
huyendo nada más.

—Aunque te persiga mil siglos —gritó Natividad con toda su alma— te he de llevar
prisionero.

Por la noche, a eso de las diez, bajo varios
millones de estrellas, Natividad detuvo al espía. Amarróle pies y manos con ixtle del que
se hizo machacando pencas de maguey con
una piedra. Y aunque se **enguishó** las manos,
también el otro se **enguisharía**. Después echó-
se a descansar con el propósito de reanudar

más tarde la marcha con dirección al campamento.

Cien mil millones de estrellas estaban ahí. Las dos Osas, el Carro y otras constelaciones a las que el pueblo no daba nombres mitológicos sino relacionados con la Virgen María y el Niño Jesús. No podían perderse, con tantas estrellas, como no se perdieron los Tres Reyes ni la Virgen María ni el Niño Jesús, cuando la huída de Egipto, aquella noche tan extraordinariamente tierna y aromada.

Adán escuchaba con verdadero asombro, reconstruyendo en su mente el yermo obscuro bajo la noche llena de estrellas, los magueyes sombríos y el capitán traidor con el rostro hundido en el polvo. Algo fantástico y desconocido flotaba en la narración, como si se tratase de un cuadro nebuloso y a la vez profundo e inquietante.

—¿Y luego? —preguntó.

Natividad repuso primero con los ojos activos e intensos.

—Llegamos hasta el coche —dijo en seguida— y la emprendimos hacia el campamento, pero ya no había nadie. Después fué espantoso, abandonamos el Overland sin gasolina, perdidos. Quise machacarle la cabeza con unas piedras, para que se muriera de una vez y me dejase libre, pero no se pudo......

Fué un caminar como si hubieran ocupado la luna y erraran sobre apagados cráteres y árboles de cal y una tierra hueca.

Natividad conducía a su prisionero a pedradas, obligándolo así a caminar, pues no había otra forma. Un sólo cartucho para la pistola hubiese sido lo más grande, lo más extraordinario sobre el mundo, pero ahí estaba vacía, atroz, la máquina aquella, con sus muelles inteligentes, con su naturaleza singular, inútil dentro de los bolsillos. Con un cartucho se podría tomar a la muerte de la mano y ordenarle cosas: "Que camine este cabrón, que se acueste, que corra, que se detenga, que hable, que suplique, que llore."

Iba el capitán adelante, con las manos atadas y cuando se detenía, una piedra golpeábale los talones, las corvas, los hombros o las costillas. Una piedra y no la pistola cuando con ésta podría ser todo menos cruel, más limpio, no que los talones sonaban como caucho macizo, y en las costillas era un rumor completamente apagado.

El capitán no profería una sola queja. Apretaba tan sólo los labios.

—Ya lo verán —decía furioso— cuando vuelva con Porfirio.

—Si te queda vida para contarlo...... —replicábale Natividad.

Dos veces intentó correr el prisionero y las dos cayó brutalmente, sin defensa, golpeando el rostro contra las piedras en forma imbécil.

Rezó:

—Santa María, madre de Dios, el Señor es contigo...... —y negóse a caminar más.

Natividad se detuvo sin saber qué hacer. Lo único lógico era matarlo. Pero, ¿cómo? ¿Cómo se puede matar a un hombre sin tener pistola o cuchillo, nada más lòs dientes y las manos? A menos que con una piedra de esas grandes y pesadas, para romperle el cráneo en pedazos, pero luego estaba la duda espantosa de si no moriría al primer golpe y, ¿qué hacer entonces sino echarse a llorar por todos los siglos?

—¡Muérete, muérete, jijo de la chingada! —pedíale con toda su alma.

El prisionero, lo miró con extraña fijeza.

—¡Suéltame! —dijo— ¡Suéltame y peleamos! A ver quien de los dos queda.

Natividad suspiró lleno de alivio. "Así está bien," se dijo.

Aquello era diferente y leal. Pelear como dos hombres, sin ventajas, como a veces, en la escuela cuando era chico, sólo que ahora hasta la muerte.

Desató al capitán, que se puso en pie encogiendo y estirando los brazos.

—¡Muy bien! —musitó.

Pero no quiso cumplir sus palabras. Huyó de pronto, zigzagueando entre los cactus y magueyes. Ahora su correr era firme y como orientado a llegar a sitio próximo. Por conocer la región, en realidad, y ocuparse de ello como espía federal que era, había utilizado el ardid cuando se supo en lugar cercano a un campamento "pelón."

Ignorando todo, Natividad lo seguía y pronto convirtióse a su vez en perseguido cuando los federales, acantonados entre unas lomas, diéronse cuenta.

—Maldito capitán —decía Natividad al recordarlo, a tiempo que movía la cabeza y una sonrisa indulgente y tranquila enarcaba sus labios—. La que me jugó, tres días anduve perdido y sin encontrar la Revolución......

La última frase aparecía ante la mente de Adán como algo fabuloso. ¡Encontrar la Revolución! Como si la Revolución fuese una persona, una mujer, y se la buscase, tangible, física, delimitada. El no podía decir nada de la Revolución, que era apenas un desorden y un juego sangriento. La guerra, a lo sumo, una manera de buscar la sangre, de satisfacerla, y que carecía de cuerpo y de propósitos,

tal vez únicamente los de ejercitar resortes
secretos del hombre, sus celos, su resentimiento, su extraordinaria y sorprendente barbarie,
su carencia de todo. Sentíase el hombre
dentro de la Revolución, como si se volviese
a encontrar a sí mismo, pero ya todo eso
—la muerte, la sangre, la libertad de transgre-
dir—, fueran la esencia y el programa. Sor-
prendíase entonces Adán ante aquella frase
que encerraba de pronto cierta profundidad y
cierta substancia nueva: encontrar la Revolución, ir, tomarle la mano, unírsele tan
verdaderamente que de ella pudieran nacer
los hijos, las casas, la tierra, el cielo, la patria
entera. Pero Adán no podía decir nada. **Su**
revolución era otra. Era aquella que podía en-
cerrarse en su primera impresión, cuando, a
los dieciséis años de edad, anduvo sirviendo
bajo las órdenes de cierto general fusilado más
tarde.

El general, muy buen tirador, ejercitábase
una mañana en compañía de varios oficiales.
Discutían a unos ochenta pasos de la gris,
humilde y elemental pared de adobe. En el
hueco de la pared una pequeña moneda servía de blanco.

Disparó primero uno de los oficiales, y después otro. En modo alguno carecían de des-
treza pues sus balas acertaban con pocos cen-
tímetros de error. El general mostraba una
sonrisa triunfante.

El cuerpo de perfil, el brazo apenas recogido y la mirada llena de precisión, su disparo fué como una línea tendida desde el cañón de la pistola al centro justo de la moneda. Cayó ésta en medio de una nubecilla de polvo y entonces los oficiales corrieron para recogerla, mientras el general, con pasos lentos, de macho victorioso, ocurría también para cerciorarse del tiro. Sin embargo, éste parecía dudoso.

—Creo que no le dió, mi general...... —dijo uno de los oficiales con la moneda en la mano.

Las mejillas y los labios del general palidecieron.

—No puede ser —exclamó, conteniendo apenas la rabia.

Inclinados, tal si se tratara del problema más importante del mundo, examinaron todos la moneda. En el borde tenía una huella brillante.

—¡Aquí está! —dijo el general.

Los oficiales movieron la cabeza, fingiendo asombro.

—De veras, mi general, lo felicitamos......

Pero el general no estaba satisfecho. El quería un triunfo patente, evidente desde el primer momento. Mostraba gran desasosiego y fruncía las cejas con cólera.

Comprendiendo todo, dos de los oficiales se llegaron hasta la pared para colocar nuevamente la moneda. Uno de ellos, el que había dudado primero de la eficacia del tiro, permaneció ahí, a cierta distancia, con el propósito de verificar el blanco. Era un hombre de mediana estatura y de ojos vivaces.

—¡Ahora, mi general! —gritó.

No sonreía el general. Su rostro severo temblaba ligeramente y los ojos, de súbito, eran fríos y resueltos. Alejóse unos diez metros más y después, con gran lentitud elevó la pistola hasta la altura del hombro. Un movimiento tan simple y tan desprovisto de obstáculos, cobró inopinadamente poderoso vigor, voluntad y contenido. Se comprendía que el instante estaba impregnado de solemnidad y de designios, que no era un instante común, sino insólito, grave y decisivo. Consistía todo en apuntar serenamente, con los nervios sujetos, sometidos en absoluto y sin lugar a dudas. Después, en oprimir el llamador. Pero esto, oprimir el llamador, era lo extraordinario, pues la acción tiene su sitio en el tiempo y en el espacio, no debe ser antes ni después y si el segundo, esa fracción infinitesimal de destino que existe para ello, pasa, se pierde, ya no es, entonces todo resulta inútil. Pueden encadenarse con lógica, con independencia, con frialdad, todos los eslabones del proceso anterior al segundo crucial, pero de súbito se llega al sitio donde está el hueco de un alfiler sobre el tiempo, y ese huequecillo conviértese en el azar, en la ventura, en lo que se encuentra lejos del mecanismo de la volición y de la soberanía humanas.

El general bajó la pistola, sin disparar.

—No —dijo, con dirección al oficial que estaba junto al muro—. Mejor le pego a usted un tiro entre las dos cejas, como a los lagartos, que para eso soy bueno......

Y apuntó nuevamente, esta vez en las cejas del oficial.

Este palideció intensamente pero sus labios sonreían:

—¡Andele, mi general!

—No —repuso el general sonriendo también, pero con una sonrisa que era el anuncio de que ya se sentía tranquilo y fuerte—. Tráigame mejor a uno de los de anoche......

"Los de anoche" eran tres fusilados cuyos cuerpos podían verse en el corral vecino.

Adán tuvo que traer uno de ellos, a rastras, pesadamente.

Lo colocaron de pie, un tanto encogido, en

medio de dos columnas de adobe para que
no cayese a los lados.

El general apuntó sin dejar de reírse y
su disparo resultó tan perfecto que hizo un
pequeño agujerito en medio de las dos cejas
del cadáver, justamente arriba del tabique de
la nariz, como un lunar.

Los otros tiradores, menos diestros, pegá-
ronle en la frente, en los pómulos y en las
mejillas, con lo cual el cadáver inclinóse hacia adelante, como si tuviese un dolor de estómago. Parecía entonces vivo, cual partici-
pando en el juego y cual si también quisiera
hacer el gracioso.

—¡A ver, tú! —dijo el general dirigiéndose
a Adán—. ¡A ver qué tan bueno eres!

El disparo de Adán fué tan torpe que apenas logró trazar sobre la cabeza del muerto
una blanca línea sin cabello.

Esto era lo que Adán podía decir de su Revolución. Porque era la suya una revolución
elemental y simple, con unas venas extrañas y
una ansiedad.

Era correr por el monte sin sentido. Era
pisotear un sembrado. Exactamente pisotear
un sembrado. Los surcos están ahí, paralelos,
con su geometría sabia y graciosa. Son rectos y obedecen a esa disciplina profunda de
la tierra que les exige derechura, honradez,

legitimidad. Míraseles su extensión como una malla sobre el humus y la vida que late, ordenando el crecimiento. Obedecen a un designio, a una voz plena y poblada de materias, que desde abajo decreta el milagro de la comunión con las cosas del aire, para que el pan se dé entonces como un hijo y encuentre casa la espiga y el sudor levante su estatua. Pero el odio demanda también su establecimiento y pisar un surco conviértese en una negación fortalecedora. Entonces se desata el hombre como un animal obscuro cuyo goce simple se compone de la desolación y el cáos. Tiene el alma un poder furioso y una impureza avasalladora que se desencadenan libres y sin freno. La destrucción erige su voluntad y adelante no hay nada, pues la la ceguera lo ocupa todo y hay un insensato placer en que el sembrado se convierta en pavesas y la semilla se calcine. La Revolución era eso; muerte y sangre. Sangre y muerte estériles; lujo de no luchar por nada sino a lo más porque las puertas subterráneas del alma se abriesen de par en par dejando salir, c o m o un alarido infinito, descorazonador, amargo, la tremenda soledad de bestia que el hombre lleva consigo.

Adán fijábase en Natividad con intenciones de penetrar hasta lo hondo de su aspiración, de su destino. ¿En qué Revolución creía Natividad y de qué manera? ¿Qué nueva Revolución eran sus palabras, su forma de situar las cosas, su amor? ¿De dónde habían salido?

Era desesperante para Adán el contacto con ese hombre. Tanto como si un sordo adivinara un rumor, o algo menos que un rumor, o algo mucho menos que el fantasma de un rumor y a punto de oír ya, algo pequeñísimo, del grueso de un cabello, interpusiera su obstáculo definitivo, volviendo más compactas las sombras de la sordera, arrebatando toda esperanza. O como un ciego a punto de ver, pero que no puede atravesar la línea imponderable, fantástica, que existe entre las tinieblas y la videncia. O como un loco carente de las sobrehumanas fuerzas que se necesitan para trasponer la frontera de millonésima de milímetro que existe entre la razón y la locura.

Imposible entender el mundo fuerte, esperanzado de Natividad. Por eso Adán sintió hacia él, desde el primer momento, una suerte de miedo supersticioso y de respeto, de impotencia inerme.

El día era armonioso y bajo su cielo caminaron Adán y Natividad como en el mundo de los arroyos, equidistantes a todas las avenidas de agua del Sistema de Riego.

Esta fué la primera vez que Adán tuvo trato con Natividad, y recordaba con precisión todo, su voz, sus ojos, su manera de colocar las palabras y el color en el sitio justo.

Luego vino la segunda, mucho tiempo más tarde.

La tercera fué algo distinto y Adán no pudo ver nada en medio de las tinieblas, sino escuchar tan sólo el rumor de los tiros, que como una ráfaga, en un momento consumaron todo. "A traición." Con Natividad sólo a traición era posible.

Pero en todo eso hubo algo extraño y único que nunca había ocurrido en el alma de Adán. Como si Natividad fuese poderoso y múltiple, hecho de centenares de hombres y de mujeres y de casas y voluntades.

La huelga paralizó el Sistema de Riego como a los seis meses de que Natividad llegara. En un instante todo estuvo muerto y las camisas, que fueron limpias alguna vez, los sábados por la tarde y todo el día domingo, tornáronse cenicientas, mugrosas, mientras los ojos se hundían en lo profundo del cráneo como llamas dentro de una cueva. Todas las compuertas hallábanse escoltadas por grupos de trabajadores y en la presa vigilaba más de un centenar de huelguistas.

No se escuchaba ningún rumor en la vasta extensión. Sin embargo había un movimiento, un caminar. Justamente un ruido, unos pasos que eran como la negación de todo ruido. Pues una huelga es aquello al margen del silencio, pero silencioso también. Los huel-

guistas callan, pero tienen una voz. Quédanse
quietos, pero como si caminaran. Los hombres tienen otra voz y otra manera de caminar
y otras miradas, y en el aire se siente algo
poderoso que sube como una masa firme. Se
trata del asombro. Existe una materia nutrida, en la atmósfera, como si los corazones
se congregaran para erigir muros de energía
y algo fuese a ocurrir, eminente y primero.
Los hombros, las espaldas, resienten sobre sí
un peso grávido; las manos, encinta, tienen
la quietud absorta y meditabunda de las mujeres jóvenes que han de ser madres a poco
y a quienes abrirá el gemido puro y original.
Se trata del asombro. Del asombro y del júbilo. Un pie no camina solo, sino que está
unido a otros pies que a millares se articulan
sobre la voz, sobre el pulso, en los sueños,
en las largas noches. Se oyen los pasos. Durante el claro mediodía, los pasos. En el crepúsculo, a la mitad de las horas, los pasos,
dentro de la caja absoluta del tiempo. Esos
hombres, profundamente reunidos en torno de
la bandera roja, no se mueven. No se mueven, se escuchan. Hay una campana en la
inmensidad de la vida que ellos doblan remo-
viendo capas terrestres y celestes, para que
se oiga, aunque permanezcan ahí, mudos,
quietos y en silencio bajo la bandera.

Un problema se ha planteado a la asamblea:
trátase del hijo de éste o aquél trabajador.
Está enfermo y de pronto aquella enferme-

dad estremece a toda la sala como si una madre amplia y espesa extendiera sus brazos infinitos. Enfermo. Levántanse los huelguistas uno a uno, en la asamblea, hasta llegar a la Mesa y dejan ahí algo, monedas muy sucias y humildes. El más pobre de los pobres también puso ahí su pequeñísimo tributo. Corrió hasta su casa en un instante y acezando todavía dejó un muñeco desgarbado y roto bajo las manos del presidente, para el niño enfermo. Ahí está el muñeco con su sangre de aserrín.

Responde tan bien la asamblea ante los deberes de la solidaridad que alguien se ve obligado a levantarse de su asiento y subir a la tribuna:

—Ya basta, compañeros...... —dice, y muestra, sin querer, su traje harapiento y mugroso por sobre el cual resuena la voz, llena de dignidad y de orgullo—, no somos una sociedad de socorros mutuos sino un sindicato revolucionario......

Luego grita:

—Queremos, no la felicidad de un sólo niño, sino la felicidad y la salud de todos los niños del mundo......

El entusiasmo no deja oír sus últimas palabras. Ha dicho una barbaridad. La huelga pretende, tan sólo, un aumento de salarios y la reducción de la jornada. Después de la huelga los niños pobres continuarán siendo enfermos y tristes y pobres. ¡Pero qué fuerza y qué extraordinaria y prodigiosa insensatez! Sus palabras son inmaculadas y puras, y la verdad que encierran no puede ser más grande. Son los pasos. Ahí está la bandera roja que pronto, con el sol y el aire, perderá color volviéndose tan humilde y desgarrada como los hombres que cobija. Mas escúchese el ruido. No es ruido. Es una forma del silencio. Es la forma de los pasos cuando los hombres van tras la esperanza.

Antes de quince días presentáronse unos cuarenta indígenas, los pobres completamente borrachos. Habíanles ofrecido primero tequila y mezcal, pero lo rechazaron a cambio de alcohol puro. Las grandes copas de alcohol asestaban una puñalada certera, vertiginosa, y los indígenas pusiéronse dulces e incomprensibles al primer golpe y muy tristes, mirando con agradecimiento humillado y tierno al enganchador que de tal modo los regalaba. Fingía éste vigilar que no se propasasen, pero aquello entraba dentro de sus planes. Miraban los indígenas con ojos maliciosos cómo les llenaban la primera copa y con la actitud de quien no se siente merecedor de una bondad o una muestra de afecto, sonriendo apenas tímidamente. Después, al tragarla, y gesticular por lo bárbaro de la bebida, volvíase su risa más franca y audaz, mientras los ojos se animaban con una lucecita. Otra copa.

Les daba tristeza pero a la vez una cólera, a medida que el alcohol penetraba. Eran el rencor y el sufrimiento. Aparecían de súbito sus dolores, y la impotencia terrible frente a eso pesado, obscuro y antiguo, les humedecía los ojos, y quién sabe por qué, siempre de agradecimiento, de sumisión y de súplica. Otra copa más.

—Es la última —dijo el enganchador de esquiroles—, si no se emborrachan......

Pero dispuso de todas maneras una chaparrita de alcohol para cada uno. Ya se la tomarían más tarde.

Los indígenas movían los brazos como rechazando invisibles telas de araña. Algo les estorbaba, y frente a la finca resguardada por huelguistas no entendían ni una palabra de las del orador, uno que instábalos a retirarse.

Entontecidos y tercos permanecían ahí. Ya sentían un odio deforme e inesperado, pues recordaban cosas, desprecios, injurias y toda su vida carente de entusiasmo y de fe.

El orador, agitando los brazos, repetía:

—¿No les han quitado la tierra? ¿La de sus padres y la de sus abuelos? ¿No son ustedes víctimas también?

Pero el alcohol era un obstáculo infranqueable. Sentíanse obstinados e impunes, aún cuando sin belicosidad activa, como si se les hubiese restituído algo, el desorden tal vez o ciertos derechos obscuros de venganza y desquite, pero aún no se atrevieran en el nuevo camino. Eran libres ahora. Pero, ¿de qué? Libres: podían beber sin descanso su botella de alcohol y caer fulminados. Podían desear la mujer de su prójimo y mentarle la madre a quien quisieran sin que por ello dejaran de beber, cual bestias, beber con toda el alma, hasta que les saliera sangre.

Comenzaron a sentirse solos y a no comprender lo que ocurría. Una ausencia general se apoderó de todos excepto tres o cuatro tercos que miraban al orador rencorosamente.

Uno de los más viejos se aproximó:

—Queremos trabajar con estas manos —dijo mostrando las manos abiertas— y ustedes no nos dejan.

El orador se detuvo en seco, Relampagueaban sus ojos por el esfuerzo que hacía para convencer a la masa dura y bárbara.

—¿Y cuánto les van a pagar?

Los tres o cuatro indios que tenían de pronto un nebuloso y pesado interés en el problema, rodearon, estrechándolo, al orador.

—Nos van a pagar pesos —repuso el viejo jactándose mientras vacilaba a uno y otro lado.

Este diálogo era oportuno para desconcertar a los esquiroles, así que el orador elevó la voz con el propósito de ser escuchado por todos:

—¿Cuántos pesos?

Tanto no sabía el indio viejo. Volvió los ojos con aire de súplica hacia el enganchador:

—¿Cuántos pesos, vale?

Comprometido por la pregunta el enganchador volvió la mirada receloso.

—No son pesos —dijo con aire sonriente—. Centavos. Cincuenta centavos.

La masa de indígenas comprendía muy dificultosamente todo. El alcohol circulaba por sus venas ofuscando cualquier lógica y excitando tan sólo el deseo de beber más.

De un salto el orador se colocó frente al contratista de esquiroles, que era un hombre de baja estatura, regordete, huidizo, mofletudo. Lo tomó del cuello propinándole terrible bofetón. Cuando estuvo en tierra echósele encima para arrebatarle la pistola y a puntapiés lo hizo caminar hasta un montículo.

—Diles —ordenó— que los has engañado y que querías robarlos......

Inclinada la cabeza, el enganchador dijo:

—Quería emborracharlos para quitarles el dinero.

Los cuatro indígenas se miraron entre sí y el mismo viejo anterior trepóse al montículo.

—Compañeros, señores huelguistas —exclamó en español para en seguida comenzar a expresarse en su lengua con dirección a otros indios. Por efecto de la borrachera su discurso fué largo y tal vez lleno de divagaciones, porque accionaba mucho, gemía por momentos y exaltábase extraordinariamente. En medio de sus palabras, como si fueran islas, podían oírse términos castellanos, **virgen, centavos, Dios, huelga, señor** y luego volvíase.

—Te vamos a matar, viejo —exclamó con voz simple, dirigiéndose al enganchador.

La masa de indios silbó afirmativamente. Feo y panzón, el contratista dejó caer la mandíbula, mientras su rostro adquiría un color cenizo y lamentable. Quiso arrodillarse, pero lo golpearon.

Los huelguistas se interponían:

—Basta con una paliza.

Pero imposible contener a los ebrios que con brutal torpeza ya habían sujetado al hombre.

Condujéronlo a rastras en busca de un árbol donde ahorcarlo.

—Nada más una paliza —pedían los trabajadores.

El viejo indígena movió un brazo con el codo hacia afuera, como apoyándose en una ventana que estuviera en otra dimensión.

—Lo mataremos. No faltaba más.

La multitud de unos cien hombres entre huelguistas e indios, movíase sin encontrar propósito, algunos con ira, otros serenos en absoluto, otros aún con angustia.

—No lo maten.

Podía decirse, empero, que el contratista estaba muerto ya. Estupidizado a golpes, éranle muy raros los acontecimientos, sin relación con su persona, refiriéndose a otro individuo corporal, vivo, pensante, que sin embargo vestía su propia carne e iba con él, dentro de él, entre los homicidas.

Rostros, puños, voces, ojos, dientes, cabezas, palabras, brazos, pómulos, mentones, gritos, pechos, eso era la multitud. Silencio, rabia, amargura, anhelo, furia, rencor, justicia, respiración, fisiología. Un mar humano. Hombres hechos de olas sucesivas, rocosas, con peces, con monstruos. Las miradas como escamas uníanse al aire, como escamas gigantescas, al aire redondo, esférico, de piedra, escamas con saliva, cuchillos, al aire enfangando.

—¡No lo maten!

Sin el menor dolor, insensible, mirando tan sólo aquello, aquello tan sólo en realidad, cual sobre el agua violenta, seca, sobre la multitud, sobre el agua rabiosa.

—¿Cómo no le hemos de matar?

Bajo el arbusto el cuerpo era apenas un costal, con algunas cosas que aún moveríanse, por ejemplo intestinos o pulmones. Resultaba difícil izarlo, siendo tan pequeño el arbusto, que el hombre permanecía de rodillas y la cuerda floja. Llovían las piedras y era imposible que no muriese, aunque de ninguna manera ahorcado, pues el arbusto, tan pequeño, no servía.

Desde luego no murió sino hasta en la noche y quizá nada más de sed, cuando todos, los indios, los huelguistas, todos, habían desaparecido, que fué antes del mediodía.

Encogido, con la soga al cuello, durante largas horas ahí estuvo, produciendo un ruidito como de abejorro dentro de una flor de calabaza. Después, sin mayores aspavientos, el ruidito cesó, cuando ya serían las nueve y media o las once. De sed quizá, únicamente.

La Autoridad recorrió todo el Sistema haciendo averiguaciones. Aclaróse que el viejo indígena se llamaba Chuy y querían encontrarlo, pero ya Chuy estaba en la sierra.

Los tres indígenas que cinco días más tarde fueron aprehendidos, no decían nada y de nada se acordaban. Cuando la Autoridad los detuvo, aún estaban borrachos. Se dijo que iban a aplicarles la Ley Fuga.

Por aquel entonces, fortalecida la huelga con trabajadores de otras unidades, el Sistema entero enmudeció bajo la fuerza omnipotente de cinco mil huelguistas.

Fué preciso que el Comité ordenara cerrar las compuertas de la presa y los canales a fin de no desperdiciar el agua.

El agua creadora y redentora.

Muchos años antes el Sistema no era tal, sino un yermo deshabitado, solitario. La tierra, caliza e inútil, pertenecía a un extenso latifundio. Al cumplir veinte o veintidós años, la Revolución fijóse en esas tierras. Sobre ellas realizaría su obra.

Junto al río había un pueblecito, con su iglesia. Un pueblo de lo más miserable. Resulta difícil explicarse de qué viven los moradores de un pueblo así, tal vez alimentándose de raíces. Las casas eran de madera u hojalata, negras, pardas, lo cual hacía aparecer a los habitantes del mismo color.

Por la madrugada desfilaban los hombres,

como fantasmas, con dirección al monte, lejano en más de cincuenta kilómetros. Mejor dicho, antes de la madrugada, aún completamente obscuro, y no eran fantasmas propiamente, sino voces y pisadas, que las hembras, desde el interior, entre el llanto de los niños, sabían distinguir sin equívoco alguno, reconociendo en ellas al marido, al hijo mayor, al hermano. Desfilaban sin tropiezo rumbo al monte, para regresar, bien caída la tarde, con un montón de leña, algún venado muerto o una veintena de juiles pescados arriba del río, muy lejos. Se vive, no obstante; se puede vivir. ¿De qué? La pregunta sobra. Las tortillas gruesas, de maíz en bruto, negras, con chile y sal, tal vez no alimenten, pero ayudan a que el alma esté en pie, sosteniéndose como un huizache sarmentoso sacudido por el viento. Eso eran los cien, los doscientos seres que habitaban el pueblo: huizaches cubiertos por el polvo, pequeños ya, alentando apenas un gemido breve entre sus ramas abatidas.

Sin embargo el río era un dios. Mal río, mal dios, con el agua pobre y enferma que descendía una vez por año. Entonces congregábase el pueblo en su torno, dando gracias por aquel río, por sus mendrugos.

Pero una vez llegaron ingenieros, albañiles, mecánicos, pintores, estableciendo tiendas, y el pueblo miserable floreció de pronto. Por algún tiempo duró todavía la bonanza, pero más tarde sobrevino la huelga, el fracaso de la huelga, y después el éxodo.

La huelga: cinco mil hombres quietos, endurecidos por la fe. No estaban reunidos en un haz visible, pero podía sentírseles en la atmósfera, como un peso nuevo, como un músculo innumerable, rodeando, invadiendo la extensión silenciosa. Las comisiones apostáronse en cada una de las compuertas y durante el cierre de la compuerta principal hubo una especie de ceremonia, con discursos.

Antes un yermo calcinado, pero mientras el Sistema trabajó en regla y la cortina de la presa no empezó a cuartearse, aquello era un paisaje lleno de vigor varonil, donde los hombres se curvaban trabajando.

Aquella tarde, después de su encuentro con Natividad —el segundo de su vida—, y después de haber tropezado con el grupo de huelguistas, Adán erró por la llanura, cabizbajo y sombrío. La tarde, el crepúsculo, eran tal vez una yegua de color pardo, moviéndose sobre el mismo sitio antes de partir a la carrera. Pataleaba en el borde mismo del horizonte, una, dos, tres, cuatro, cinco, seis veces, sin cambiar, sin moverse, como una yegua cárdena, antes de la competencia, impaciente, sujeta, sin poder transformarse de eso, de yegua, de centauro con nubes, en otra cosa, hasta que de pronto lo negro, un caballo o un gran pájaro, como cortina, telón impenetrable desde el cielo más lejano hasta la más profunda tierra.

Estaba escrito que Natividad muriera. Estaba escrito que esa noche. Estaba escrito que Cecilia, su mujer —y más tarde, cuando viuda, mujer de Ursulo—, perderíase corriendo como una loca, las tinieblas atadas a la cabeza, todas las tinieblas.

La primera vez que se vieron, Adán había estrechado la mano de Natividad al despedirse en el kilómetro veinticinco. Era —insistía el recuerdo sobre Adán—, una mano amplia, entrañablemente amiga desde el primer momento. Todo eso estaba escrito y sin embargo Adán no pensó entonces que pudiera ser así y que la fatalidad tuviese una existencia tan exacta, tan definitiva e irrebatible. Empero, Natividad moriría, atravesado, crucificado. Y Cecilia, ¿a dónde con el cabello suelto? ¿A dónde, loca? Pero así debía ser, quién sabe por qué. Así. En la vida, en la noche, en esa noche.

"......A menos que sea a traición......" ¿Y por qué no a traición?

Adán erró por la noche urdiendo aquella muerte. Tinieblas magníficas donde caminaba como en el espacio. Y ahí dentro de las tinieblas el homicidio, idéntico. Dos horas quizá. Allá lejos miró la casa de Natividad

y dentro una luz amarilla, de petróleo, fil-
trándose. Las dos sombras, Cecilia y Natividad, se movían, y la risa fresca, de seres vivos en absoluto, vibraba desde la casa. "Esta es la ocasión. Se encuentra ahí," se dijo,
y partió en busca de sus cómplices.

Al llegar a su casa lo sorprendió el vaho
—tan sólo el vaho— de La Borrada, que en
la puerta, sin otra luz, lo aguardaba.

—¿Eres tú? —preguntó Adán con miedo.

—Sí —repuso la voz grave.

De la emoción, del miedo, Adán hubiese
querido pegarle, protestar en alguna forma,
pero todo era en extremo pavoroso para no
someterse a la hembra invisible y llena de
poder. Al contrario. Arrodillárase frente a
ella, consternado, abandonado, solo en el mundo, para demandar perdón. Era el miedo. Un
miedo sin límites.

—No enciendas —suplicó—. No vayas a
encender......

E iba a agregar: **por favor,** pero se contuvo.

Entraron a la choza.

Ahí la perdió.

—¡Borrada! ¿Dónde estás?

El vaho próximo, tangible —si estaba junto a él, como sobre su rostro—, repuso:

—¡Aquí! —y era un aliento irreal, del otro mundo y sin embargo existente, con volumen dentro de las tinieblas.

—No enciendas —volvió a repetir Adán, pues tenía un miedo salvaje de ser descubierto en sus propósitos aun por ella misma.

—Mira —comenzó, pero interrumpiólo La Borrada. Loba. Animal amoroso.

—No necesitas decirme —dijo con una claridad fantástica—. Vas a matar a Natividad......

—Sí —musitó Adán, y estaba tembloroso, arrodillado en efecto, castañeteando los dientes.

—No lo mates...... —pero ya esta vez era lejanísima y sin aliento.

—¡Borrada! ¡Borrada!

—No lo mates......

Venía desde muy lejos, desde regiones pretéritas. Adán comenzó a buscarla a tientas a través de la choza. Ella podía ver en la obscuridad, como diosa, y quién sabe en qué sitio se encontrara, en qué parte del mundo. "¡Borrada! ¡Borrada!"

—¡Aquí estoy! —sintió otra vez el vaho sobre la frente.

—¿Por qué te fuiste?

—No. No me he movido......

¿Mentía? En todo caso ella era la dueña, ahora. Estaba en su reino.

Adán buscó los cerillos en cada rincón de la ropa que traía puesta, en la camisa, en los pantalones. Después de un siglo hizo un poco de luz.

Ahí estaba la hembra. No ella, la de hacía un instante. No ella, la del vaho, la bestia, la loba. Curvada sobre sí misma, en la miseria, lloraba, los verdes ojos fosforeciendo de lágrimas.

—Mira —recomenzó Adán haciendo un esfuerzo terrible para vencer su flaqueza—. Ve por Fulano y Mengano. Que traigan sus caballos. Diles que ya saben para qué es......

La Borrada levantó los ojos súbitamente sin lágrimas, fríos otra vez.

—¡Voy! —dijo.

¿Qué es el viento y de dónde parte, de qué rincón? Sopla de pronto sobre la tierra; invade el planeta; solloza largamente sobre el violín profundo de los meridianos. Su llanto sobre la tierra es para llorar las cadenas del hombre, que las siente más profundas cuando la palabra del viento corre por el mundo. Estoy aquí, calcinada planta, rama obscura, y afuera el viento. Espada, hermano, flor furiosa, libértame de la cárcel, líbrame. ¿Dónde tu planta, dónde tu árbol? Tú eres el caballo pausado que circula en la redondez del jardín, entre las rosas con sangre, como dentro de la gracia de un circo, y eres el cazador, el cuerno y la jauría tras de las nubes. Pero eres también el planeta y la perdición, la sola soledad del hombre. ¿Dónde tu cueva? ¿Dónde la tóxica lágrima infinita de que estás hecho? Pasa el viento una vez, y otra, y otra más, hasta mil. Pasa. Desaparecen sobre la tierra los hombres, las edades. Queda el viento.

Sobre el cadáver de Natividad colocáronse banderas. Una impresionante multitud condujolo al cementerio, en el atrio de la iglesia del pueblo.

Era un pueblecito miserable pero que, durante la bonanza del Sistema tuvo también su período feliz. Entonces se vendían géneros, mezclillas, aguardientes, quincallería de toda especie. Los domingos el mercado era como una fiesta de colores, rumorosa a percal, a manta, a tinturas, a cuero. El pueblecito tuvo sus altas y sus bajas, hasta la baja final, cuando ya no había remedio y emigraron todos, huyendo, en busca de otra tierra, y solamente el cura silencioso, hermético quedó en la iglesita, muriéndose de hambre, abandonado por su grey.

Períodos de prosperidad o de infortunio determinados siempre por el río.

Un viejo gustaba de exclamar, mirándolo:

—Es nuestra madre y nuestro padre. A veces nos da y a veces nos niega. Entre sus manos moriremos.

Río turbio, jamás de agua clara. De ahí los cuerpos cenizos, la ropa percudida.

Pequeña ventura cuando, no obstante, las aguas descendían, aún sin su color. Mas de pronto, tal si una mano, allá, se interpusiera, una mano gigante, dejaba escapar tan sólo un hilito mugroso, espeso como la saliva. Veíase aquello, entonces, en el rostro de las mujeres, lleno de abatimiento, lleno de pena. Si pudieran llorar, sus lágrimas bastaran para hacer una corriente poderosa y honda entre los cauces del río seco. Pero no. En los rostros veíase, sin que uno fuese a comprobarlo al cauce y a mirar cómo dentro del lecho se iban aglomerando los desperdicios, la barriga fabulosa de un perro muerto, el barro maloliente.

Luego, cual si el destino jugara, otra vez bajaba el río grueso, ronco.

Por carecer de costumbre para la alegría, apenas una cierta brillantez en la mirada de las gentes era el signo. Podía saberse también que el río iba con agua, nada más con mirar los ojos y nada más con mirar cómo empezaba a disolverse la ceniza de los labios.

Más tarde vinieron aquellos dos, tres años de prosperidad, de felicidad. Se construyó una presa allá arriba.

Ingenieros, contratistas, albañiles, mecánicos, carpinteros, poblaron todo de un rumor intenso, vital, como si no fuera una presa sino una estatua, algo nada más bello, que esculpieran para adorno del paisaje gris. Dos, tres años. Quizá cuatro o cinco, de contarse el tiempo empleado en la construcción de la presa. Felicidad llena de vigor, avispeo de camiones cargados con cemento, lenguaje preciso de los martillos. Iban creciendo hombres nuevos, con caras nuevas, con manos nuevas, con voces nuevas. El antiguo, ancestral campesino, manejando hoy una revolvedora de cemento, en contacto firme, estrecho, con esa materia novísima y esbelta, era como un dios joven bajo el varonil traje de mezclilla. Construía la estatua; elevaba sobre la tierra esa música del hierro, de la arena, de la madera, de la grava, condensando poco a poco el aire para volverlo aquella estatua, primero los pies y la osamenta obscura, para más tarde el cuerpo entero con sus cortinas, con sus vestiduras, como un anfiteatro antiguo, solemne y noble.

El río maldito, inconstante, fué hecho prisionero. Sus aguas fueron encerradas y calculando aún la misma irregularidad de las lluvias, según decían los ingenieros, el depósito tenía una capacidad para cinco años de riego.

No contaron, desde luego, con las cuarteaduras de la cortina.

Más tarde vino el éxodo. Toda la gente huyó y el Sistema volvió a su antiguo estado, cuando no era otra cosa que un yermo irremediable.

El mismo pueblecito paupérrimo que estaba junto al río, huyó, también él. Sólo el cura abandonado dentro de la pequeña iglesia sin parroquia, quedó ahí, triste y vigilante.

¡Río taimado, vencedor al fin! Nada pudo el hombre contra su voluntad terca, nada contra sus aguas, nada contra sus caprichos, río maldito.

Antes de que el Sistema fuese establecido, sin embargo hubo en el pueblo cierta vida, para llamarla de algún modo. Por la noche circulaban sombras a través de la calle y en la iglesia reuníanse individuos extraños con el cura. Un misterio se desarrollaba, como si hasta ese rincón de México llegara el soplo de algo grave y siniestro que estuviese ocurriendo en el país.

Sobre el tablero de la iglesia, en el atrio, donde fijábanse avisos religiosos, hoy un mensaje iracundo, con sus caracteres negros, con su negra cruz a cuyo pie podía leerse el nombre del obispo de Huejutla. Tratábase del célebre "Tercer Mensaje al Mundo Civilizado," en que el audaz obispo llamaba a la rebelión.

Nadie conocía en el pueblo al obispo de Huejutla, ni siquiera en qué lugar del país encontrábase Huejutla. ¿Dónde? Algunos afirmaban enfáticamente que en Sonora, otros que en Chiapas, y hasta no faltó quien dijera que en Yucatán.

"El señor Calles excita a todos los gobiernos...... a que vayan al terreno que sea necesario ir, porque la niñez y la juventud deben pertenecer a la Revolución......" decía el Mensaje.

En la comarca, la de Jesús era una tropa reducida, pero prodigiosamente fría, prodigiosamente cálida, osada, terrible, iracunda. No tenía miedo ni valor, ceguera tan sólo, fuerza milenaria, pedernal en las entrañas.

Aquella vez que trajeron consigo a un joven maestro rural, cortáronle la lengua, en las afueras del pueblo. Parecía como si el muchacho estuviera bebiendo sangre a cubos.

—¿No quieres un poquito de mezcal —le preguntó Guadalupe, el jefe cristero—, para que te refresques?....

¿Qué iba a responder el maestro? Aes, oes y ues, únicamente y con la garganta o el estómago, en modo alguno con la boca.

—¡Andele! —y sonreía el jefe cristero.

Trajeron una jícara llena y con un marrazo abriéronle al maestro los apretados dientes, para que tragara la lumbre, el fuego aquel, con su sangrante boca sin lengua.

—¿A ver? Grita ahora eso que gritabas —prosiguió el cristero—. ¿Qué era? ¿Viva la Revolución? ¡Te vamos a dar tu Revolución!

"¿Permitiréis, oh padres de familia, que vuestros hijos sean al fin presas de la Revolución? —continuaba el obispo de Huejutla—. ¿Permitiréis que los pedazos de vuestras entrañas sean devorados por la jauría infernal que ha clavado sus garras en el seno de la patria?"

Dábanse milagros, también, que se oían de boca en boca, como aquel de la Cruz.

A medio kilómetro de un pueblo, cierta vez —comenzaba el milagro—, hubo un encuentro con los federales. Con seguridad los federales creían en Dios, en Cristo y en la Iglesia. Inexplicable entonces por qué peleaban, pues también ponían rabia, odio. El encuentro fué sobre la campiña mexicana, es decir, como sin sangre, como irreal, allá —se decía— por las tierras moderadas y discretas del Bajío. Pequeñas iglesias se levantan entre los rectángulos de las poblaciones y los sembrados. Nada puede suceder y sin embargo dos grupos de hombres chocan, uno, blanco, de sombreros grandes y pantalones de manta, otro verde obscuro, con gorras y polainas. Chocan como sin odio, más ahí está la muerte y desde luego una cólera profunda, que hierve.

Un soldado cristero fué herido en forma horrible. Su cabeza voló en pedazos dejando tan sólo el tronco, grotesco y bárbaro. Resulta, fantástico, increíble, pero el cristero se levantó corriendo sin cabeza, borracho, zigzagueando, para volverse a retaguardia y caer junto a los pies de la Cruz, una que había a la entrada del pueblo. Nadie lavó la sangre de aquella cruz, que, dijo la gente, empezó a crecer como un árbol, cual si la sangre fuese el agua necesaria, la indispensable levadura.

¿Podría dudarse entonces de la existencia de Dios? ¿De Dios misericordioso que borra los pecados del mundo?

"¿Toleraréis siquiera —escuchábanse las palabras llenas de espuma de aquel Savonarola frenético de Huejutla—toleraréis que el monstruo bolchevique penetre al santuario de las conciencias de vuestros vástagos para destrozar la religión de vuestros padres y plantar en él la bandera del Demonio?"

Un terrible río fué establecido a la mitad del país entero. Río sucio, con sangre, con ojos ciegos, con dientes apretados.

"¿......y vamos nosotros, los verdaderos mexicanos, los mancebos de la Iglesia Católica, los vencedores de tantos y tan gloriosos combates, los mimados hijos de Cristo Rey......?"

Fué dicha la palabra. Fué coronado Jesús y en sus manos puesta la tiara de Rey, la tiara furiosa. Rey, Rey, Rey de los judíos. Cristo, Cristo Rey.

—¡Viva Cristo Rey!

A todos los rincones llegó Cristo Rey y veíasele en las casas, en las habitaciones, en las vecindades, en los míseros talleres de artesanos, ya como Sagrado Corazón de Jesús, rojo, sangriento, con llamas en el pecho y una herida entre los ventrículos de la ardiente víscera, o ya como Cristo del Veneno, ennegrecido, lleno de humo, madera sin luz, o en las imágenes locas, con llagas en las rodillas, con sangre en la comisura de los labios y una mirada de extravío.

La Revolución, por su parte, hízose, digamos, de una Iglesia. Fué éste un período mucho más confuso, mucho más trágicamente confuso que otros. El Patriarca Pérez, un cura católico, mediocre y resuelto, promovió el Cisma.

Tratábase de crear una iglesia Católica lejos de la potestad romana del Sumo Pontífice, una Iglesia Nacional "de acuerdo con las leyes."

Los campesinos no entendían la diferencia, ya en el templo, frente a un sacerdote que oficiaba de la misma manera, con las mismas ceremonias y los mismos ritos que la Iglesia tradicional. En el fondo las dos iglesias no hacían más que partir de un mismo sentimiento obscuro, subterráneo, confuso y atormentado, que latía en el pueblo, pueblo carente de religión en el estricto sentido pragmático de la palabra, pero religioso, uncioso, devoto, más bien en busca de la Divinidad, de su Divinidad, que poseedor de ella, que dueño ya de un dios. Hiciéronlo mal los españoles cuando destruyeron, para construír otros católicos, los templos **gentiles.** Aquello no constituía realmente el acabar con una religión para que se implantase otra, sino el acabar con toda religión, con todo sentido de religión. La Colonia Española, muy rápidamente hecha a las trapacerías —tal vez a partir del ejemplo establecido por Cristóbal Colón, casuístico y chapucero—, pudo **engañar** con facilidad relativa a los altos dignatarios de la Iglesia, tanto en Roma como en la Península, mediante informes desmesurados a propósito de la "conversión" de infieles. A los juristas teológicos de la Colonia importábales más el canon que los espíritus y si la

letra era respetada, bien podían los indígenas
continuar idólatras en el fondo.

Algo quedó faltándole al pueblo desde entonces. La tierra, el dios, Tlaloc, Cristo, la
tierra, sí. ¿Qué podía esperar ya?

Los mismos hombres que construyeron teo-
calis macizos e incomprensibles, sangrientos
tal vez, bárbaros, más tarde realizaron el prodigio de los soberanos, lineales, profundos
templos católicos. Pero obsérvense en cualquier sitio, en Tlaltelolco, en Puebla, en Gua-
dalajara, en Oaxaca y hay ahí, entre sus piedras, trepando con lentitud extática, con ojos,
una serpiente tristísima de nostalgia, que deja su interrogación, el aire imposible que se
pregunta dónde y en qué sitio.

Una revolución con Iglesia, con sacerdotes,
con Cristos absurdos. Sobre el desaliento del
pueblo fincóse la sangre y se empezó a luchar
sin sentido, al parecer únicamente con el sentido de acabar, de perderse. La Cruz crecía.
La Cruz del milagro, empapada en sangre,
como una planta, Cruz monstruosa creciendo,
la misma del cristero sin cabeza.

Aquello descomunal, todo aquello insensato y extraviado, la inútil sangre, la fiereza,
el odio, el río sucio a mitad del país, negro,
con saliva, la serpiente reptando, ¿qué era?
¿Qué misterio? ¿Qué pueblo asombroso, qué
pueblo espantoso? Sólo podía explicarse por

la desposesión radical y terminante de que había sido objeto el hombre, que si defendía a Dios era porque en él defendía la vaga, temblorosa, empavorecida noción de sentirse dueño de algo, dueño de Dios, dueño de la Iglesia, dueño de las piedras, de algo que jamás había poseído, la tierra, la verdad, la luz o quién sabe qué, magnífico y poderoso.

En el pueblecito la vida se levantó de pronto sobre sus propios pies, desatentada y brutal, como si a un enfermo se le hubiese sobrecargado algún cardiotónico activo y se revolviera sobre sí sin saber qué hacer con las manos, brincándole como resortes, ni con los ojos capaces de ver a través de la piedra. Nadie había comprendido las palabras del obispo de Huejutla ni las del delegado apostólico, que circulaban por todo el país, palabras, que por otra parte, no se habían escrito para ser comprendidas. Mas todos, hombres mujeres, y niños, levantáronse a una voz elemental, las raíces de cuyo sonido no tenían nombre siquiera.

Artillaron la iglesia con armas traídas de quién sabe dónde, tal vez llevadas ahí por otros grupos cristeros.

Guadalupe, el jefe de los rebeldes, se entrevistó con el cura:

—A ver si vienen —refería se a los federales—. A ver si se atreven, los desgraciados—, exclamó con rabia seca.

No obstante, al otro día, cuando federales y agraristas llegaron, Guadalupe tuvo que rendirse y dejar que otro cura, el cismático, se apoderara de la iglesia.

Después de pacificado el pueblo, Adán, que iba con los federales, lo recorrió en compañía de veinte hombres, sacando a las mujeres de las casas para que dijeran dónde estaban sus maridos. Ni siquiera media palabra obtuvo de respuesta.

Regresó entonces a la iglesia donde se encontraban los prisioneros, Guadalupe, Valentín y otros más.

Condújolos a las espaldas del templo.

—¡Tales por cuales! —barbotó, a tiempo que disparaba sobre Guadalupe.

Valentín, tal vez sacudido en ese instante por un acceso de locura al mirar cómo caía su compañero, echó a correr, cosa por demás inútil ya que un segundo más tarde heríalo una bala de Adán en el pie izquierdo. "La de malas," —pensó.

—¿Te querías escapar, verdad, pendejo? —díjole Adán, zumbón, con crueldad infinita—. Vente. Vamos a la Cabecera del Municipio para que te den tu merecido.

No lo llevó a la Cabecera. No lo llevó a ninguna parte. Pasearon ambos por el pueblo, hasta después del mediodía, como si se

tratase de pasear en la serenata, Adán a caballo y el cristero, cojeando a causa de la
herida, atrás.

A las doce y media o tal vez a la una
—el reloj de la iglesia se había muerto mucho tiempo antes—, quizá, también, a las dos,
como que la pareja iba a emprender, en realidad, el camino para la Cabecera. Pero tampoco fué cierto.

Vagaron sobre la tierra inclemente, sin
rumbo alguno, entre los cactus. No irían jamás a ningún sitio.

Adán continuaba sobre su caballo y jalado
de una soga, atrás, Valentín, con el pie hin-
chado y verde. Así algunas horas.

Por fin, dejándose caer sobre el polvo:

—¡No camino! —dijo Valentín,— pero en
realidad como si no hubiera usado palabras,
sino toses.

Ya no había grados para el dolor; caminar,
como quedarse en tierra, eran la misma cosa.
En el pie se desarrollaban planetas y un sistema solar agudo, girando.

Adán sonrió, poderoso, dueño del dolor y
de la vida. Sus espuelas en los ijares del
caballo resumían en su cruel y dentada cir-
cunferencia, el espacio y el tiempo del dolor.
Una sola vuelta, como en la rueda del destino,
e inimaginablemente se alzaría el sufrimiento.

Decidióse a sepultarlas en la carne de la bestia y entonces la hizo correr al galope.

Valentín, hecho un nudo redondo, arrastrado por el suelo, se quejaba tan levemente que parecía un niño enfermo, que durmiese. Entonces Adán detuvo el caballo.

—No —dijo—. Así no tiene chiste. —Y bajó a levantar al cristero.

Tomándolo de las áxilas lo puso como si estuviera sentado.

—¡Andele! —suplicó con fingida compasión—. ¿No ves que tenemos que ir a la Cabecera?

Algún resorte sobrehumano debió romperse en el alma de Valentín, pues de súbito, con fuerzas que le salían de las entrañas, lanzóle un escupitajo en plena cara.

Adán se puso pálido.

—No seas tonto. No quiero matarte —dijo con el mismo tono misericordioso—. ¡Andale, que tenemos que ir a la Cabecera del Municipio!

El cristero mostraba unos ojos inmensos. Sonreía. No. No sonreía. Tal vez iba a volverse loco.

—¿Por qué no dices nada —prosiguió Adán, con la voz como si charlara con un niño obstinado—, y te quedas ahí? ¡Dime algo, ándale!

Los ojos de Valentín se hicieron más grandes aún.

—Quiero morir......

Adán, que estaba en cuclillas conversando con el cristero, levantóse con dirección a su caballo.

—Bueno, si es tu gusto, ¿qué le vamos a hacer?

Lo arrastró un trecho considerable hasta el tronco de un cacto gigantesco. Ahí lo ató con vigor.

Gruesas gotas corrían por la frente de Valentín.

—¿Qué? ¿No me vas a matar?

Adán soltó una carcajada.

—No. Ahí te dejo. Mejor que te coman los zopilotes.

Se alejó entonces en su caballo, con pasos muy lentos, para que sin que Valentín se apercibiera, observarlo desde un arbusto divirtiéndose a su costa.

El cristero intentó gritar pero no tenía fuerzas, pues nada más roncaba.

Así pasaron los minutos hasta completar

una media hora. Durante esa centuria Adán fumaría quizá cinco cigarrillos.

Después, sin hacer ruido —es absolutamente seguro, no obstante, que Valentín presentía aquellos pasos—, Adán se aproximó con su pistola en la mano.

—¡Andale! —dijo un segundo antes de disparar.

Debió presentir los pasos el cristero y aún el tiro, porque al acercarse Adán, por enfrente, para mirarlo, intentaba una seña con el índice erguido, como diciendo: "Otro, nada más otro y ya." Otro balazo.

El cura había huído del pueblo un poco antes de que éste cayera en manos de los federales y los agraristas. Empero, desde algún sitio pudo contemplar la muerte de Guadalupe cuando a éste le disparara Adán, en las espaldas del templo. Huyó entonces aterrorizado, pues el pavor de la muerte circulaba por sus venas. Siempre tuvo miedo de morir, un gran miedo. Sentía que la muerte era como una vida especial, hiperbólica, de la conciencia; una vida en que tan sólo la conciencia, sin limitaciones físicas ni sociales ni terrenales, actuaba para desnudar sin remedio el espíritu del hombre, penetrándolo como nadie lo había penetrado jamás. Sobrevenía entonces el horror; pero un horror inhumano, más allá de todo lo que conocemos, donde la conciencia, insomne, descubría uno a uno rincones que se estuvieron negando siempre, antes de la muerte, pero que después no se podían contradecir.

Unos cuantos días más tarde los campesinos del pueblo fueron en su busca para narrarle lo acontecido. En torno de una mesa derrengada sentáronse y el cura escuchó sus frases simples donde había, sin embargo, tanta verdad y tanta vida.

—Con perdón de usted —decían— pero el cabrón lo hizo caminar por el pueblo con el pie herido......

—Y el pie ya se veía moradito......

Contaban del sacrificio de Valentín y en la cortesía de sus fórmulas: "Con perdón de usted," "no agraviando lo presente," dejábase ver un sentido cauto de las cosas, discreto, lleno de pudor.

El cura oía cubriéndose el rostro con las manos para que los campesinos no descubrieran sus encontradas emociones, su miedo, su soledad.

No era distinta la muerte de Valentín a la del joven maestro a quien los cristeros arrancaron la lengua para hacerlo beber mezcal en seguida. Igual odio había en ambas, igual salvaje ímpetu de tortura.

El sacerdote pensaba en ello, recordando los

minutos anteriores al sacrificio del joven maestro. Guadalupe y Valentín —aquellos mismos a quienes **Adán** diera muerte—, fueron a consultarlo.

—Lo vamos a fusilar, padre —dijéronle del maestro.

Como sacerdote pudo evitarlo tal vez. Pero una impotencia lamentable le atrofiaba la voluntad. No dijo una palabra. Hubiese podido, acaso, pedirles que lo hicieran sin crueldad alguna, mas érale imposible formular siquiera tal demanda. ¿Por qué? El había contribuído a desatar fuerzas superiores a sí mismo. Las fuerzas de la ira y de una fe atroz, que lo señoreaban todo. Era incapaz de dominar la violencia. Preguntábase entonces si la verdad no estaría en ningún lado y toda aquella confusión trágica no era otra cosa que descubrir el abismo inesperado de los hombres, la sentina. ¿Podía creerse en algo? ¿Por qué todo era injusto? ¿Qué iba a ser del pueblo? ¿Dónde estaba su Historia? Odio. Odio. Odio. Odio. Odio. Odio. Cincuenta clases de odio. Odio santo y otros. Aunque ese no era el problema. Sentía un miedo pavoroso. Moriría sin saber la verdad, y su cuerpo, sus ojos, sus manos, el sér entero, convertiríasele en conciencia absoluta, en la conciencia de la conciencia, en la conciencia abstracta y químicamente pura, sin posibilidad de sueño, o sin razón, clarísima, para ver. Necesitaba otra cosa el país, pero quién sabe qué.

—¡Vamos! —dijo a los campesinos.

—¿A dónde, padre?

—Es decir, perdonen —rectificó—. Voy solo. Déjenme ir solo.

Caminó varias horas, descalzo, hiriéndose con los guijarros, hasta llegar al sitio donde muriera Valentín. Quedaban ahí únicamente la soga y una poca de sangre negra, sobre el tronco gigantesco del cacto.

¿Por qué aquellas sombras sobre el entendimiento del hombre? He aquí que Valentín —un obscuro, fanático criminal—, habíase convertido en mártir, y en mártir de la Religión. Con riesgo de su vida, los habitantes del pueblo peregrinaban en secreto, hurtándose a los federales, hasta el cacto, hasta la monstruosa y verdadera cruz mexicana, para orar bajo los tres o cuatro brazos siniestros de la planta.

El cura encontró ahí a tres mujeres, como si se repitiera, en verdad, el pasaje evangélico. ¡Valentín, la víctima de la furia, un mártir, un Cristo! Sintió infinita vergüenza y un deseo de llorar. Un Cristo, Cristo Rey.

—¡Retírense! ¡Váyanse! —gritó.

Corrieron las mujeres asustadas y entonces

el cura se sentó sobre una piedra, con la cabeza entre las manos, y se puso a llorar. El tampoco tenía Iglesia. Tampoco tenía fe. Ni Dios.

Natividad bajó a la tumba encendido de banderas, en llamas, rodeado de la silenciosa, totalmente silenciosa multitud. Por entonces el pueblecito comenzaba a decaer, a los tres meses de la huelga, y el hambre endurecía los rostros.

Antes, cuando todo era tranquilidad, en la plaza oíase claramente el rumor de los percales, al ser medidos con una vara de madera. Un rumor a papel, a hogar, a esposa, a casa limpia. Pero cuando murió Natividad ya no se escuchaba ese ruido desde hacía tiempo.

Las caras eran diferentes y como sumergidas en un estanque de reflexiones. Natividad descendía a la tierra entre banderas rojas. Descendía.

Escuchóse un grito de mujer, agudo, y nadie quiso volver el rostro. Para qué.

Era La Borrada, entre la multitud, que de pronto había entendido quién sabe qué cosas diáfanas y sin clemencia, pues ocultando el rostro echó a correr como una loca en busca de Adán.

Se miraron atónitos, allá, en la casa.

De un horcón pendía cecina, cobriza y fea.

La Borrada experimentó un odio súbito hacia aquella carne tan cerca de lo humano.

—¿Vienen? —preguntó Adán lleno de terror.

Infundían miedo los ojos de La Borrada, verdes.

Algo inexplicable, deseo furioso de salvación, arrepentimiento prodigioso, le hizo gritar:

—¡Huyamos!

Adán no supo qué decir.

—¿Vienen, vienen? —repetía a pesar de los signos negativos de La Borrada.

—¡Huyamos!

La cecina maldita, ahí, de cobre, pendiendo del horcón, con cuatro grandes moscas inmóviles y hartas.

—Esta muerte es distinta...... —dijo La Borrada. Adán la sacudió de los hombros.

—¿Qué quieres decir?

Las manos de Adán mojábanse con las lágrimas de la mujer.

—Es distinta...... —repetía ella.

Extraño que siendo tan interior, tan callada, tan asombrosamente sobria en sus manifestaciones exteriores, llorase hoy la mujer y con aquellos ojos color de luna, color de lago,

lágrimas intensas, verdes, entrañables. Y que
hoy evidenciara cierto lazo profundo, cierta
comunidad de sangres. "Entonces me quiere,"
—pensó Adán— como si un cuchillo de luz le
hubiese herido el alma. "Me quiere." Nunca
se le había ocurrido averiguar esto, comprobarlo, y ahora su primera impresión era como
si le hubiesen extraído una poca de sangre,
debilitándolo dulcemente, maravillosamente.
Por primera vez en su vida sintió ternura,
felicidad, un abandono confiado. "¿Es que
yo también la quiero?", —se preguntó—, y al
darse cuenta que sí, dióse cuenta también de
que todo había acabado para él, que a partir
de ese instante empezaría a pagar sus culpas,
a estar solo, solo con ella, perseguido sin descanso, por los siglos de los siglos, como Caín.
No tenía armas. Era bueno.

Triste por primera vez en su vida, preguntó
nuevamente:

—¿Qué quieres decir?

Ella estaba clara, transparente, pero no podía expresar sus pensamientos:

—No es una muerte igual a las otras —dijo—. Hoy como que no hubieses herido a
un hombre solo......

Adán comprendía. Lo había comprendido
desde mucho tiempo antes. Lo comprendió
desde el día en que le encomendaron esa
muerte, pues adivinaba lo que era aquel hom-

bre lleno de juventud, de fuerzas nuevas, de poder misterioso. Hombres como Natividad levantaríanse una mañana sobre la tierra de México, una mañana de sol. Nuevos y con una sonrisa. Entonces ya nadie podría nada en su contra porque ellos serían el entusiasmo y la emoción definitiva.

—¡Vámonos sí! —dijo Adán, supersticioso, convencido de su propia agonía.

Huyeron de la multitud para esconderse de sus miradas.

La multitud es una suma negativa de los hombres, no llega a cobrar jamás una conciencia superior. Es animal, pero como los propios animales, pura, mejor entonces, peor también, que el hombre.

La multitud es el Coro, el Destino, el canto terco.

Puede preguntarse dónde termina, pues no tiene fin.

Como preguntar yo mismo, dónde comienzan mis propios límites, distinguiéndome del Coro, y en qué sitio se encuentra la frontera entre mi sangre y la otra inmensa de los hombres, que me forman.

Soy el contrapunto, el tema análogo y contrario. La multitud me rodea en mi soledad, en mis rincones, la multitud pura, la guerra, la multitud de México, ronca de ocultas lágrimas, la profunda multitud soviética, encendida, que rodea a Stalin, que me rodea, que te rodea.

Un ojo absoluto se estableció para perseguir a Caín. Y Caín miró éste ojo en todas partes, pero sobre todo en su soledad. El ojo, el Coro, el Destino, la multitud, la Historia.

—Tú no los viste —decía La Borrada—. Eran espantosos sepultando a Natividad. No debiste matarlo.

Pero no había remedio. Natividad bajó a la tumba, tal si hubiesen enterrado a una hoguera. La tierra lo acogió para conectar sus llamas con el fuego interno que ella mantiene allá en su corazón.

¿Qué era Natividad? ¿Qué era la multitud? ¿Qué eran las masas?

Natividad era un hijo de las masas; en ellas nutría su poderosa fé. Las masas repartían el pan de la Historia y de éste pan alimentábase Natividad. ¿Cómo iba a morir nunca? Cual en los antiguos ritos egipcios, un alimento, un pan de cada día, dábanle las masas al muerto vivo. Un pan secreto y nuevo, nutricio, inmortal, inmortalizador.

"Es como si no lo hubiera matado pensaba Adán; y ahora quieren que mate a Ursulo, cuando él también está por encima de la muerte".

—Esos hombres —añadía La Borrada—

tienen espíritus que los protejen. Aves y culebras y otros embrujos......

Cuando le propusieron la muerte de Ursulo, nuevo jefe de los huelguistas, Adán aceptó, sintiéndose, cuando menos por algunos instantes, fuerte otra vez y dispuesto a tentar nuevamente su destino obscuro. Sin embargo ahí estaba La Borrada, especie de conciencia, especie de pacto.

En aquella ocasión, después de que Adán la hubo golpeado, la hembra, con los labios sangrantes, permaneció en su rincón, muda e inmóvil, conciencia fija, en realidad, pacto profundo.

De espaldas a ella, Adán permaneció en la puerta mirando torvamente la lejanía por donde desapareciera el ayudante.

Ahora reconocíase vencido. Aquel bofetón sobre el rostro de La Borrada no era otra cosa que un medio para afirmar su endeble poder. No era más que una demostración de su incapacidad y su falta de fuerzas. "Ya no soy el mismo" díjose entrando nuevamente a la casa.

Permanecieron sin hablarse largas horas, el uno frente a la otra. Al fin Adán, refiriéndose a la encomienda trágica que le dieran con respecto a Ursulo:

—No quiero matarlo —dijo—. No lo mataré. —y recostó la cabeza en el regazo de La Borrada, cerrando fuertemente los ojos, sin duda para no ver ni oír, y perderse en el intenso olvido.

Hoy navegaba sobre todo lo perdido. Sobre el agua terca, vencedora. Sobre las esperanzas fallidas, los proyectos, las ánimas rotas. Sobre el esfuerzo vano y la ilusión; sobre lo que pudo ser y no era, como un madero, como un barco a la deriva, cadáver lento.

Habíase atorado su cuerpo en la esquina de la casa, entre las ramas y el cieno espeso. Ya no sentía. Su única actividad era la de ignorar todo. Todo, cielo, agua y nubes. La muerte era la ignorancia.

Ignoraba que su mujer contempló el asesinato, cuando el cura terrible asestóle la bestial puñalada en el cuello. Aquellos ojos extraños presenciaron su muerte, pero Adán no lo sabía ya.

No supo de las circunstancias. El había amarrado a **La Cautibadora** después de que con Ursulo y el cura cruzaran el río. Al inclinarse sintió el golpe y después, instantáneamente, un silencio profundo, que duraba hasta hoy.

Ignoraba lo que sucedió a partir de ese silencio.

—¿Qué ha hecho usted? —preguntó Ursulo al cura.

No pudo responder el cura y de ahí en adelante no cruzarían una sola palabra.

¿Sería un grito? Quién sabe, el hecho es que La Borrada pensó: "Acaban de matar a Adán." En vano quiso encontrar el cadáver bajo la tempestad y la noche profunda. En vano. En vano todo.

Sobre el cuerpo de Adán descendió el primer zopilote, uno de cuello atroz y alas ruidosas, como las de una cucaracha gigante. Miró en todas direcciones, a Cecilia, a Calixto, a Marcela, a Ursulo, los que aún estaban vivos, detenidamente, sin temor, juzgándolos con resuelta frialdad. "En cuanto mueran —pensaría—, o en cuanto no puedan defenderse......" Después, inclinando la calva testa, púsose a observar a ese cuerpo increíble sobre el que estaba posado. Veíalo con conocimiento profundo y tal vez principiara por devorarle los ojos, que son duros, consistentes y como una condensación absoluta de las fuerzas del sér. Los ojos y en seguida el saqueo general, al banquete.

Los otros no tenían fuerzas ya. Esos cuatro seres humanos vivos aún, hijos de mujer, ejemplares del Hombre, eslabones de la inmensa, amada y digna cadena nuestra, no podían hacer nada. Contemplaban al buitre sucio y maloliente, sin voluntad, sin luz para resistir y pelear.

El torvo pájaro vacilaba sobre el cadáver sin decidirse aún a sepultar su pico dentro de los ojos. Inteligente, agudo pájaro, capaz de descubrir la carroña aun cuando ésta se encontrara en el centro mismo de la tierra.

"Con tal de que no venga hacia Chonita", alcanzó Ursulo a pensar todavía, un poco antes de morirse.

Tzotl, basura. **Pilotl,** acto de levantar o recoger. Basura, basura infinita.

Todos aguardaban aquel espectáculo del banquete, con el alma en suspenso, pensando en que pronto les llegaría el turno. Iban a contemplar algo inaudito. A contemplar la ofensa más extraordinaria.

Mirando la pesadilla, Marcela recordaba la impresión indefinida, cóncava tal vez —como si una racha de aire extraño, destilado, penetrase de pronto por la boca—, que se imaginó a la lectura de un reportazgo, muchos años antes, donde cierto periodista norteamericano describía la ejecución de un criminal en la silla eléctrica. Era una narración de otro mundo, completamente irreal increíble y sencilla.

Los periodistas aguardaban con dos horas de anticipación, para que después se les sometiese a un registro. Los colegas del narrador norteamericano le habían ofrecido whisky.

"Oh, no —recordaba Marcela su respuesta—, quiero conservar toda mi independencia mental".

"No se trata de eso, ¿sabe? Es que después no se soporta. Hay un olor, ¿cómo decirlo?, que usted no olvidará jamás. Tome un buen trago. Los que asisten por primera vez lo necesitan más que nosotros. Yo he visto más de treinta ejecuciones, y acaban, se lo aseguro, por aburrir. Podría irme a casa y desde ahí redactar mi nota, sin necesidad de ver nada. Pero es que trato de convencerme de una cosa: no acabo por definirlo y por otra parte no lo puedo olvidar. Me refiero al olor. Parece el mismo siempre, pero creo que cada uno tiene, al chamuscarse en la silla, su olor propio, digamos, personal, original......"

El grupo de espectadores entraba después a la "cámara de la muerte", que era un pequeño cuarto, sobrio, sin ningún mueble superfluo.

No era que Marcela recordase los términos del relato, sino tan sólo las impresiones que éste le causara, y cómo tuvo la virtud de alumbrar, exaltándola, la selva inesperada de su imaginación. ¡Era tan parecida aquella "cámara de la muerte" a la sacristía de la iglesia, allá en el pueblo! Y el pueblo ¿qué sería de él, agonizando, maldito, víctima del agua vengadora? ¿Qué iba a ser ya de todo sin esperanzas, el alma vacía? ¿Para qué el esfuerzo? Las paredes de la sacristía mostrábanse desnudas, ni siquiera con imágenes. En torno, rigurosas, algunas cuantas sillas absolutamente solas, y luego la luz, opaca y tímida.

Precediendo al condenado un sacerdote entraba en la "cámara de la muerte". La "cámara de la muerte" podría pensarse negra, quizá, obscura. Pero Marcela empeñábase, mejor, en que fuese gris, de ese gris carente de entusiasmo, débil y sordo, como en la sacristía, donde también en la más alta y principal de las sillas, ejecutábase a cada minuto un sér misterioso, invisible y real, especie de cristo invisible, redimiendo, su muerte, secretas culpas y pecados siniestros. ¿Qué redimía, no obstante, Adán? ¿Qué redimían ellos, Ursulo, Calixto, Cecilia y ella misma, Marcela? ¿Qué redimía el criminal norteamericano? Tuvo una sonrisa el criminal. Sentóse en la silla y le pusieron acto seguido la púdica escafandra. En la silla. Luego, quizás, bajo la escafandra, tembláranle los parpados al condenado, para sacudirse después todo entero de risa, sacudirse como un muñeco entre sus correas, vibrando entre dos polos, curioso, entre dos, el positivo y el negativo, vibrando de risa.

Lo que, desde luego a su manera, repensaba Marcela en su memoria, no serían tal vez las mismas y literales palabras del redactor.

"....Nos quedaba el consuelo de que la Ciencia establece sin lugar a dudas que, entre todas, la muerte por electrocución es la menos cruel y, claro, la que ocurre en el menor tiempo posible y casi sin que la víctima lo sienta. Pero ahí ante nuestros ojos, estaba el cadáver de aquel hombre y con ese cadáver la terrible idea de que **casi** no sintió la espantosa tortura. Una palabra tan simple, entonces, tan mediocre, tan desprovista de utilidad en la oración, tan irritante como la palabra **casi**, significaba, empero, la pesadilla más inimaginable y bárbara".

Sí, todos los espectadores, periodistas, funcionarios y hasta el propio sacerdote, lleváronse los pañuelos a la nariz para no aspirar el olor. Todos, también, bebieron antes su buen trago de whisky, hasta el sacerdote. Pero yo sé que todo ese olor lo tengo en mí y no debía taparme las narices. Yo se que guardo toda la miseria y toda la grandeza del hombre dentro de mi propio sér. Que defeco y eyaculo y puedo llenarme de pus el cuerpo entero. Cuando lo reconozco me dan ganas de llorar, y lloraría como nadie lo ha hecho en toda la historia humana, de poder aspirar el nauseabundo olor de mi propia carne entre las llamas o presa de las corrientes eléctricas de una bestial silla homicida, porque ese es mi olor, y el olor del criminal ejecutado era el propio olor mío, a cerdo en llamas y cabellos y grasa ardiendo.

El zopilote dió un picotazo sobre el rostro de Adán y como el cadáver se balanceara, el buitre a su vez perdió equilibrio aleteando ruidosamente para posarse en la azotea. Era la victoria de la muerte. Caminaba a pequeños saltitos, cauteloso ante lo que aún quedaba ahí de vida, con miedo, con asombro. Morirían, sin embargo, morirían todos, y el zopilote era un rey, el rey de la creación.

La "cámara de la muerte", gris, con opacos muros, y grande de pronto, erigíase hoy mismo en derredor. Sus murallas cubrían el cielo y la existencia.

Un segundo zopilote descendió, y luego un tercero. Reunidos ahí analizaban penetrantemente, cual si nada se les pudiese ocultar, ni el pensamiento, y fueran dueños del destino. Conocían, sin duda, lo que estaba pensando Ursulo y acaso esperasen nada más a que terminara de pensarlo. Así con respecto a Marcela, a Calixto, a Cecilia.

Ursulo veíase en su tierra, sobre sus quince hectáreas. La tierra empezó a no servir para nada, pero él, terco en que todos permanecieran. "Yo soy el culpable de lo que pasa", se le ocurrió.

El principio de todo ese infortunio comenzó después del fracaso de la huelga.

Nada ignoraban los zopilotes, ni eso siquiera, negros y crueles. Rincón por rincón conocían toda la existencia. No era de hambre que iban a morir los náufragos. Primero la ceguera, dos cuencas vacías en lugar de ojos, y enseguida el vientre, la fosa ilíaca, con toda su organización de tejidos.

Antes, muchos años antes, el grupo de náufragos pertenecía a esa clase superior que se encuentra por encima de los zopilotes y que es capaz de vencerlos.

Cecilia era una mujer.

Marcela era una mujer.

Calixto era un hombre.

Ursulo era un hombre.

"No podré ya poseerla," —decíase Calixto— pensando en Cecilia.

Hoy no. No eran nada ni pertenecían a ninguna clase.

La huelga fracasó porque sobrevino el terrible éxodo. Nadie quiso permanecer en una tierra seca, sin lluvias, junto a un río inútil y junto a una presa inservible cuyas cuarteaduras dejaron escapar el agua.

Trepado sobre unas vigas, por aquel entonces del éxodo, Ursulo instaba a los huelgistas emigrantes para que se quedaran, para que permanecieran.

—¿Qué? —dijeron ellos— ¿Vamos a comer tierra?

Ursulo reunió todas las fuerzas de su alma y de su vida.

—¡Sí! —gritó.

Bajóse de su tribuna y tomando un puñado de la tierra de sus quince hectáreas, se lo echó a la boca para tragarlo.

—¿Por qué no? —volvió a gritar entre sollozos.

Los únicos que entendieron ese llamado fueron Jerónimo y Calixto.

Los zopilotes conocían todos los secretos del corazón. ¿Quién les daba importancia antes, cuando allá, en las alturas, giraban mansamente, con quieto ritmo, tan lejos? Sin embargo siempre hay un lazo de recíproca vigilancia y odio entre ellos y el hombre.

Los buitres están en un extremo y el hombre en el opuesto. El hombre va hacia ellos y se defiende con la tierra o el fuego, al morir. Ellos esperan. Su turno está escrito.

"Siquiera —ocurriósele a Marcela— que Jerónimo, quién sabe, se salvó de los zopilotes", y su cariño entrañable por aquel cuerpo amado le nacía otra vez.

Jerónimo era dueño de unos ojos comprensivos y dulces. Miraba como con lágrimas. Entre él y Natividad organizaron el Sindicato y más tarde la huelga.

Natividad tuvo una visión anticipada de todo lo que iba a ocurrir.

—El agua no sirve —explicó— y la tierra tampoco. El sistema podría salvarse, sin embargo, con abonos, mejorando la presa y estableciendo una gran cooperativa...... Perder la huelga equivale a perderlo todo......

Lo mataron.

Hoy, bajo la tierra, salvaríase también de los zopilotes.

Cecilia era la tierra, las quince hectáreas de Ursulo.

La tierra es una diosa sombría. Hay un origen cósmico, que viene desde la nebulosa, antes de la condensación y antes del fuego, hasta este día. La tierra demanda el esfuerzo, la dignidad y la esperanza del hombre.

Natividad anhelaba transformar la tierra y su doctrina suponía un Hombre nuevo y libre sobre una tierra nueva y libre. Por eso Cecilia, que era la tierra de México, lo amó, aunque de manera inconsciente e ignorando las fuerzas secretas, profundas, que determinaban tal amor.

Calixto y Ursulo eran otra cosa. La transsición amarga, ciega, sorda, compleja, contradictoria, hacia algo que aguarda en el porvenir. Eran el anhelo informulado, la esperanza confusa que se levanta para interrogar cuál es su camino.

Chonita había muerto muchos, muchísimos años antes, fruto misterioso de la desesperanzada tierra. Devoraríanla hoy los zopilotes.

Estos parecieron meditar por un instante, pero luego, sin vacilación alguna, arrojáronse encima de sus víctimas.

Esta sexta edición de 5,000 ejemplares, como la primera, estricta copia
fotográfica de la impresión original,
Editorial México, 1943, se terminó
de imprimir el día 15 de octubre de
1976, en los talleres de *Organización
Editorial Novaro*, S.A., Calle 5, Nº
12, Fraccionamiento Industrial Naucalpan de Juárez, Estado de México.